華月堂の司書女官

後宮蔵書室には秘密がある

桂　真琴

23454

角川ビーンズ文庫

目次
Contents

華月堂《かげつどう》の司書《ししょ》女官《にょかん》

後宮蔵書室には秘密がある

人物紹介

Characters

花音《かのん》

華月堂に配属された新入司書女官。無類の本好き。

紅《こう》

華月堂に夜な夜な現れる青年。花音を護衛すると申し出る。

陽玉《ようぎょく》

花音と同じ年頃の尚食女官。面倒見がよく、花音と友だちになる。

伯言《はくげん》

華月堂の司書長官。花音をコキ使う鬼上司。

英琳《えいりん》

清秋殿の秋妃付きの女官。自身も試挙組ゆえ、花音のことを気にかけている。

藍《らん》

華月堂の来客。花音に本探しを依頼した代わりに、配架を手伝う。

本文イラスト／村上ゆいち

序章

ここは龍昇《りゅうしょう》国、京師《けいし》郊外《こうがい》、鹿河《ろっか》村。

田んぼと畑の間を縫《ぬ》うように通る道を、のんびりと牛を引く翁《おきな》が、歌を口ずさんで歩いていく。

桃《もも》の夭夭《ようよう》たる
灼灼《しゃくしゃく》たり其《そ》の華《はな》
之《こ》の子《こ》于《ゆ》き帰《とつ》ぐ
其《そ》の室家《しっか》に宜《よろ》しからん

歌は春風に乗って田園風景に響《ひび》く。翁の後ろから、小さな童《こども》たちが走って追い越《こ》していった。

雲雀《ひばり》がさえずり、あちこちに桃や早咲《はやざ》きの山桜が咲く。

その花の香《かお》りが春風に乗って、大農家・李《り》家の縁側《えんがわ》や大座敷《ざしき》にも入ってきた。

その香風《こうふう》満ちる大座敷で——おろおろと頭を下げる大男がいた。

「こんな娘《むすめ》ですが、嫁《よめ》に迎《むか》えてくださるお宅はありませんか。もしくは嫁募集中《ぼしゅうちゅう》のお宅を御紹介《ごしょうかい》いただけないでしょうか……」

集まった二十人ほどの——皆《みな》、年頃《としごろ》の息子《むすこ》のいる——男たちは、敬愛する村唯一《ゆいいつ》の私塾《しじゅく》の教師、白遠雷《はくえんらい》と、その後方に座っている少女にちらと目をやる。

「そりゃあ遠雷教師《せんせい》の頼《たの》みなら聞いてやりてえんだけどよ。花音《かのん》を嫁に、って言われると、ちょっとなあ……」

その少女——花音は、決まりの悪そうな顔でうつむいた。

両側で双輪《そうりん》に結《ゆ》っただけの漆黒《しっこく》の髪《かみ》、対照的に白い顔の中で、桜色の唇《くちびる》が不満そうにとがっている。つんと摘《つま》んだような鼻や大きな翡翠《ひすい》色の瞳《ひとみ》、少々痩《や》せすぎ感のある華奢《きゃしゃ》な体形は、全体的に子猫《ねこ》を思わせた。

(そりゃそうよ。あたしをお嫁にもらいたい家なんて、自分で言うのもなんだけど無いと思うわ)

ここ鹿河村では、田畑を耕して生計を立てている者がほとんどだ。

故《ゆえ》に、一家の嫁は農作業をばりばりこなし、その合間に炊事《すいじ》洗濯《せんたく》を効率よく片付け、童が生まれれば背負って田んぼに出る。

それができる体力、体格に優《すぐ》れた娘が嫁として人気がある。しかし残念ながら、花音はどの条件も優れていない。

故に、村の幼馴染《おさななじみ》が次々と嫁《とつ》いでいく中、一人縁談《えんだん》がまとまらなかった。

そのことは年頃の乙女《おとめ》としてほんの少々傷ついたが、それだけだ。むしろ好都合、幸運だ、くらいに思っていた。

ところが、父・遠雷はちがった。

「なぜだっ。花音の縁談がまとまらないなんて……少し変わったところがあって本ばかり読んでいるが、母さん譲《ゆず》りのこの愛らしさだというのに！」

かくて遠雷は親バカ丸出しで花音の婚活《こんかつ》を強行した。村の相談役である李家の姥姥《おばあ》に泣き付き、年頃の息子のいる家に召集《しょうしゅう》をかけたのである。

花音にとっては完全にありがた迷惑《めいわく》、子の心親知らず、だ。

（あたしは結婚《けっこん》なんてまだしたくないんだから！）

十六といえば農村では結婚適齢《てきれい》期、童がいてもおかしくない年頃であることは花音もわかっている。わかっているのだが。

（結婚なんかしたら、本が読めなくなる！）

嫁いでいった幼馴染たちを見るにつけ思う。

もちろん、彼女たちが宝物を扱《あつか》うように生まれたばかりの我が子を見せてくれたり、夫といちゃいちゃしているのを見れば、心がざわつくこともある。ああ幸せってこういうことよね、と思う。しかし。

（あたしはまだまだ、本を読んで暮らしたい）

花音の心にあるのは、それのみ。

（母さんは、いつも本を持っていたもの）

亡くなった花音の母は、いつも朗《ほが》らかでよく本を読み聞かせてくれた。同じ本でも語り口調を変えたり即興《そっきょう》の話を交ぜたりして、楽しませてくれた。

花音のおぼろげな記憶《きおく》では、母はいつも本を持っていて、だけど村人や父とも円満だった。母は「嫁業」をこなしつつ本を読む時間も確保していたのだろう。

花音も、いつかはそんな嫁になりたいと思っている。

でも今は「本を読みたい！」という気持ちが強すぎて、理想の嫁になれる自信がない。頭にあるのは「結婚相手に出会いたい」ではなく「新しい本に出会いたい」なのだ。

私塾を営むだけあって、花音の家は貧乏《びんぼう》ながら本だけはたくさんあった。母亡きあと、本を読むことは悲しみに沈《しず》んだ花音の心の支えとなり、やがて生活そのものとなった。花音は家の本を何度も読み返し、村の集会所にある本も、李家の蔵書も、すべて読みつくしてしまった。

この村にはもう、花音の読める本は無い。

そして気が付けば花音は大きくなり、農村の働き手、結婚適齢期に差しかかっていた。

したがって、嫁にいかずにもっともっと本を読むためには、本を扱う仕事に就《つ》く必要があった。

そのことを言おうと、先刻から機会をうかがっているのだが、なかなか言い出す機会が巡《めぐ》ってこない。

難色を示して黙《だま》りこんでしまった村人たちに、遠雷があわてて付け加えた。

「こ、こう見えて花音は炊事洗濯一通り、ちゃんとできるんですよ」

しかし、隣家《りんか》の林《りん》家のおやじが気の毒そうに呟《つぶや》いた。

「できるはできるんだろうけどなあ……花音ちゃん、本読みながら家事やるから、しょっちゅう竈《かまど》から焦《こ》げた臭《にお》いがしているよな。洗濯物《せんたくもの》も本を読んでて干すのを忘れて、生乾《なまがわ》き臭《しゅう》がするって遠雷教師がいつもぼやいているしな……」

周囲の村人たちもしきりに頷《うなず》く。

花音が常に本を片手に家事をして失敗していることは、もはや村中に知れ渡《わた》っている。

墓穴を掘《ほ》った遠雷は再び冷や汗《あせ》を流して黙りこんだ。

そんな一同を見渡し、李家の姥姥が花音に顔を向ける。

「花音よ、おぬしはどう思うておる。嫁にいく気があるようには見えんがのう」

皺《しわ》くちゃでいつも笑い顔の姥姥は見た目によらず鋭《するど》い。さすがは村の相談役、ツッコミどころを心得ている。

しかしおかげで花音の待っていた絶好の機会が巡ってきた。

「実はあたし、皇宮女官《こうぐうにょかん》になりたいんです！　だから試挙を受けたいんです！」

一拍《いっぱく》の静寂《せいじゃく》の後。

座敷に大爆笑《だいばくしょう》が起こった。

「無理無理無理、なに言ってんだ花音。いっくら本読むのが好きだからって、こんな田舎《いなか》から試挙に通るわけないだろうが」

「夢みてえなこと言ってねえで親孝行しろって。姥姥に嫁入り修業《しゅぎょう》をつけてもらって、早いところ嫁にいって、遠雷教師を安心させてやれ」

試挙は国の官人・女官となる人材を選ぶ超《ちょう》難関国家試験。

国中から優秀《ゆうしゅう》な人材が試挙を目指し、及第《きゅうだい》するのはほんの一握《ひとにぎ》りだ。官人も皇宮女官もなりたくてなれるものではない。村人たちが失笑するのも無理はない。

「ああ、またその話が……試挙はダメだと言っているのに」

頭を抱《かか》える遠雷に、姥姥は尋《たず》ねた。

「遠雷さんや、皇宮勤めはダメなんかのう」

「皇宮に入ったらよけいに婚期《こんき》を逃《のが》すじゃないですか！　年季があるんですよ？　それに

試挙の勉強をするヒマがあったら嫁入り修業をするべきでしょう！」

穏《おだ》やかな父に珍《めずら》しく、この話題になると頑固《がんこ》に譲らない。

しかし、花音はすかさず反論した。ここで踏《ふ》ん張らなくては、冗談抜《じょうだんぬ》きで結婚させられてしまう。

「ほ、ほら、父さん、私塾の小屋が修理しても雨漏《あまも》りする、建てなおしたいって言ってたでしょ。あたしが皇宮女官になれば高いお給金がもらえるよ。じゃんじゃん仕送りするから！」

「そういうのを『取らぬ狸《たぬき》の皮算用』というんだ！　試挙はそんなに甘くない。そんなことよりも今！　今、嫁に行く方が大事だ！」

「でも今！　今、必死に勉強して試挙を受けて皇宮女官になれば、年季が明けて帰ってきてもまだぎりぎりお嫁にいける年齢《ねんれい》だよ！」

「試挙に及第できなかったらどうするんだ？　知識ばかりあっても田畑を耕して日々の糧《かて》を得られなければ村のお荷物になるんだぞ？　天国の母さんだってそんなことは望んでいないはずだ！」

「でもっ、あたし皇宮女官だったら人様の役に……少しは……立てると思うの！　お嫁にいっても少しも役に立てる気がしないよ！　ていうかお嫁にもらってくれる人いないし！」

「だからこうして嫁入り相談に来たんじゃないか！」

堂々巡《どうどうめぐ》りである。

姥姥は目の前で火花を散らす父娘《おやこ》を見上げた。

「遠雷さんや、後宮で勤めあげれば嫁の貰《もら》い手には不自由せぬよ」

「え!? 本当ですか!?」

「例えば尚食《しょうしょく》女官なんぞ、料理や礼儀《れいぎ》作法をしっかり叩《たた》き込まれてくるから、帰郷すれば引く手あまたじゃ」

「引く手あまた!?」

試挙のことになると頑固に譲らないあの父が動揺《どうよう》している。

花音はここぞとばかりに言い放った。

(もう一押し!)

「あたし、次の試挙を受けて尚食女官になります!」

花音のあまりの勢いと真剣《しんけん》さに、大座敷《ざしき》は静まり返る。遠雷への同情と気遣《きづか》いから、もう誰《だれ》も笑わなかった。

しん、とした座敷に姥姥の拍手《はくしゅ》が響《ひび》いた。

「うむ! よう言うた! 人生、思い切りが大事じゃて——ただし」

姥姥は何時《いつ》になく厳しい顔つきで花音を見上げた。皺くちゃの顔の中で、小さな目がきらん、と鋭く光る。

「機会は一度きり。落第したら、わしが用意した縁談《えんだん》をすぐに受けること。よいな？」

ぐ、と花音は言葉に詰《つ》まる。

周囲の村人たちもごくりと息を呑《の》む。

公衆の面前で最終通告とは、まさに背水の陣《じん》。さすがやり手。しかしもう後には引けない。花音は内心怖気《おじけ》づきつつも力強く頷いた。

「わ、わかりました」

「花音は腹をくくったぞ。遠雷さんは、どうじゃ」

なんとも言えない展開に複雑な思いを抱《いだ》きつつ「引く手あまた」という言葉の誘惑《ゆうわく》に抗《あらが》えず、遠雷は大きく溜息《ためいき》をついて頷いた。

「——機会は一度きり、なら」

こうして花音は試挙に臨《のぞ》み、なんと、見事及第したのだった。

そして、いよいよ花音が京師《けいし》・龍泉《りゅうせん》に出発する日がやってきた。

「いやあ、遠雷教師《せんせい》よかったな。まさか花音が尚食女官になるとはなあ」

農作業の合間に、林家の夫婦《ふうふ》が見送りに来てくれた。

「花音ちゃん、料理も礼儀もきっちり仕込んでもらっておいで。本読みながら鍋《なべ》を焦がしたりするんじゃないよ」

「ははは、さすがにそれはないと思いますよ、おかみさん」

「それもそうだねえ。こりゃ良い嫁入《よめい》り修業だ。よかったねえ、遠雷教師」

「はい。年季が明ければ、引く手あまたです！」

父はうれしそうに「引く手あまた」を強調している。

そんな父の背中に、花音は心の中で一生懸命《けんめい》頭を下げていた。

（父さん、ごめんなさい！　一生に一度の娘《むすめ》の嘘《うそ》を、どうか許してね）

懐《ふところ》にしまった皇宮からの辞令にそっと手を当てる。

そこには「白花音を尚儀局司書女官に任命する」とあった。

遠雷には「白花音を尚食局尚食女官に任命する」と記された、花音自作の辞令を渡してあった。

女官を後宮六局へ振《ふ》り分ける希望調査書に、花音は「尚儀《しょうぎ》局司書女官」と書いたのだ。

そして、その希望は叶《かな》えられた。

あのしたたかな李家の姥姥《おばあ》もまさか夢にも思うまい。遠雷に婚活《こんかつ》の助力をするつもりが、花音の夢の実現に大きく助力することになったとは。

(ありがとう姥姥。おかげであたし、理想郷に旅立つことができます!)

未来の旦那《だんな》様ではなく、新しい本たちに出会える場所。

今の花音にそれ以上の理想郷はない。李家の姥姥には一生足を向けて寝《ね》られない。

(──だって、こんな機会、一生に一度きりだもの)

帝《みかど》の住まう宝珠《ほうじゅ》皇宮には、龍昇国の周辺諸国から朝貢《ちょうこう》品が多く届くという。その中には当然、多くの書物、珍本《ちんぽん》貴本があるにちがいない。加えて、宝珠皇宮には市井《しせい》の書堂《ほんや》とは比べものにならないほど多くの蔵書があると聞く。

司書女官になれば、それらを手に取ることができるのだ。


だから「一生に一度」と神龍《しんりゅう》に誓《ちか》って、花音は父に嘘をついた。


「手紙を書くんだよ。嫁にいきたくなったらすぐにでも帰っておいで」

「もう、父さんったら。行く前から帰ってこいなんて。嫁入りの話はしばらく忘れて、少しゆっくりしてよ」

花音は呆《あき》れて苦笑した。大きな身体《からだ》に似合わず、遠雷は花音のこととなるとおろおろと心配ばかりしている。もう出立だというのに、また荷をいじり始めた。

「父さんったら、荷物は確認したからだいじょうぶだよ。もともと少ない荷物だし」

「ああ、うん、これを持っていったらと思ってな」

「……それって」

遠雷が荷に押しこんだのは、ここ数日、遠雷が縁側《えんがわ》で熱心に削《けず》っていた竹の水筒《すいとう》だ。手に取ると、花音の名と花音の好きな山桜が小さく彫《ほ》ってあった。父は大柄《おおがら》な身体に似合わず器用な質《たち》なのだ。

遠雷が照れたように笑った。

「男親だと気が付かないことも多いから、林家のおかみさんに聞いたんだ。水筒は必需品《ひつじゅ》だってな」

「父さん……」

縁側で竹を削る、昔より心なしか小さくなった背中が思い出される。花音は胸が熱くなった。

年季三年。思えば、家を空けるのは初めてだ。

本読み放題の期間と思うと短いが、父と離《はな》れて暮らすと思うと長く感じる。

花音は大きく温かな父の手を、ぎゅっと握《にぎ》りなおした。

「ありがとう、父さん。手紙、書くからね」

こうして、冷たさ残る初春の風の中、花音は京師・龍泉へ向けて旅立った。


――同じ頃《ころ》、京師・龍泉、宝珠皇宮《こうぐう》。

北にそびえる晶蜂山《しょうほうさん》のふもと、白く輝《かがや》く建物群は堅牢壮麗《けんろうそうれい》そのものである。

その周囲、晶峰山から続く緑の木々は若芽を吹《ふ》きだしつつあった。

立春をだいぶ過ぎたとはいえ夕暮れになると寒が戻《もど》るため、皇城の回廊《かいろう》には、まだ所々に火鉢《ひばち》が置かれている。

夕刻、官人たちは帰り際《ぎわ》、その火鉢で暖を取る。

各所に置かれた火鉢の周囲には、老若《ろうにゃく》貴賤《せん》が集って手をかざしていた。

「……して、事は進捗《しんちょく》しているのか」

火鉢に手をかざした壮年《そうねん》の人物は、くすぶる炭を凝視《ぎょうし》したまま問うた。

その人物は黒い絹の深衣《しんい》を着ていた。大きな虎《とら》の刺繍《ししゅう》が、今にも夕闇《ゆうやみ》に躍《おど》りでてきそうだ。一方、向かい合った男は地味な柳《やなぎ》色の袍《ほう》姿。この回廊の隅《すみ》の火鉢には、二人以外に人影《ひとかげ》はない。

「は。おそれながら、未《いま》だ実行に至らず。ですが姫君《ひめぎみ》様は健《すこ》やかにお過ごしの御《ご》様子」

「癇癪《かんしゃく》が酷《ひど》くなっていると聞く。あの件、早く仕掛《しか》けねばならん」

「御意《ぎょい》にございます」

答えた男は、浅く頭を下げるが、動きがぎこちない。必死で平伏《へいふく》したい衝動《しょうどう》を堪《た》えているかのような動き。表情の無い能面のような顔には、左頰《ひだりほほ》に大きな傷がある。

対する人物は火鉢の前でゆっくりと手を揉《も》み、傍《かたわ》らに添《そ》えられた火掻《か》き棒を持った。

「私の記憶違《きおくちが》いだろうか。花祭りまで、あまり日が無かったかと記憶しているが」

火掻き棒が静かに炭を動かした。皺《しわ》の刻まれた威厳《いげん》ある顔が炭で赤々と照らされる。

「かの書、所在の見当はついております」

頰《ほお》傷の男は食いしばった歯の間から声を絞《しぼ》り出した。

「赤の御方《おんかた》が。ゆえに、下手な手出しができず――」

「言い訳は好かぬ！」

火掻き棒が火鉢の縁《ふち》に当たって、大きな音をたてた。

「……急げ。多少手荒《てあら》でもかまわん。なんとしても『花草子《はなぞうし》』を手に入れ、後宮の中で事を成すのだ」

「御意」

黒い衣《ころも》の人物は火掻き棒を男に渡《わた》し、ゆっくりと回廊の先の闇に消えた。

頰傷の男はじっと頭《こうべ》を垂れていたが、やがて内廷《ないてい》――後宮の方角へ決然と立ち去った。

その様子をすべて、物陰《ものかげ》から見ていた影がある。

光沢《こうたく》ある白絹の深衣を着流し、紅《あか》い紗《しゃ》上衣を羽織った姿は、薄闇に浮《う》かび上がる麗《うるわ》しい月の神のようだ。

「――謀《はかりごと》は火鉢の前で、か。さすがは古狐《ふるぎつね》」

だいぶ前に終業の鐘《かね》が打ち鳴らされ、夜の帳《とばり》が降りかけている空の下、皇城にはほとんど人影もない。さきほどの火鉢も守衛がやってきて炭を回収していく。もう、皇城が眠《ねむ》りに就く時間だ。

皇城は明日の夜明けまで、ひっそりと闇に沈《しず》む。

それとは対照的に、宝珠皇宮の北、内廷に当たる場所はだんだんと明るさを増していく。一つ、また一つと、色とりどりの吊灯籠《つりどうろう》に明かりが入り、内廷の絢爛《けんらん》な宮殿《きゅうでん》を闇に浮かび上がらせていく。

夜空の下、幻想《げんそう》的に明かりを増していくその方角を見て、美しい容貌《ようぼう》が不敵に笑《え》んだ。

「いつの時代にも後宮には呪《のろ》いと陰謀《いんぼう》が渦巻《うずま》く。だが、呪いも陰謀も、オレが回収する」

紅い紗がひるがえり、明るさを増していく内廷へと消えた。

一日目◆『花草子』ってなんですか？

宝珠《ほうじゅ》皇宮後宮は、薄紅《うすべに》の霞《かすみ》に包まれているかのようだった。

春本番のこの季節、桃《もも》や桜が咲《さ》き乱れ、吹く春風に散り、それが霞がかっているかのように見えるのである。後宮の内はさながら桃源郷《とうげんきょう》のようだ。

そんな後宮の往来で、花音《かのん》は呆然《ぼうぜん》と立ち止まっていた。

「すごい……あれが同じ女官衣《にょかんい》とは思えない」

夢幻《ゆめまぼろし》のごとく花びら散る中、華《はな》やかな装《よそお》いの女官たちが行き交っている。

各々《おのおの》の職場へ急ぐ出仕風景は、美しい蝶《ちょう》の群れのようだ。

後宮の女官の多くは富裕《ふゆう》な商家や高級官吏《かんり》、貴族など、良家の子女から選ばれる。彼女たちは支給された女官衣に、自前の簪《かんざし》や帯留めや組紐《くみひも》などで装うらしい。道行く女官たちが華やかに見えるのはそのためだ。

対して、同じ女官衣を着ているとは思えないくらい地味な女官もちらほら見かける。

「試挙組」と呼ばれる女官だ。

「試挙組」の女官は試挙を受けて女官になった者たちで、才溢《あふ》れても経済的に恵《めぐ》まれてい

ない。そのため装飾品《そうしょく》というものをまったく持っておらず、支給された女官衣を支給されたままに着る。

そうすると、花音のような出《い》で立ちになる。

桜色の襦《じゅ》に、水色の裙《くん》。以上。

それでも花音にとっては、じゅうぶん着飾《かざ》っていると言える。

いずれにせよ、自分の装いが華やかか否《いな》かは花音にとってどうでもいいことであった。

(ああっ、あの簪を売ったら、坊本《ぼうほん》が何冊買えるかしら。あっ、あの帯紐留めは彩色装丁《さいしき》本三冊分の価値があるわね)

花音は華やかな往来をきょろきょろしつつそんなことを考えていたのだ。

一般的《いっぱん》な十六歳の娘《むすめ》なら華やかな装いを羨《うらや》ましがったりするのだろうが、花音はおしゃれにはとんと無頓着《むとんちゃく》。

というより、本以外のことにはほとんど興味がない。

(早く本が読みたいなあ)

なんといっても花音が司書女官になったのは、後宮の蔵書を読み漁《あさ》るため。

珍本《ちんぽん》貴本、大量の本で溢れているにちがいない職場を目指して、花音は侍衛《じえい》の立つひときわ大きな門——瑞雲《ずいうん》門をくぐった。

「……ここはどこ⁉」

瑞雲門の先は、吉祥宮《きっしょうぐう》――宝珠皇宮後宮の中心である。

それは知っている。知っているが思わず呟《つぶや》いたのは、この世のものとは思えない絢爛壮《けんらんそう》麗《れい》な景色が広がっていたからだ。

後宮の中心と呼ぶにふさわしく、豪奢《ごうしゃ》な殿舎《でんしゃ》がこれでもかと林立している。

金色朱塗《しゅぬ》りの欄干《らんかん》に柱、磨《みが》き上げられた回廊、ずらりと吊《つ》るされた見事な金銀細工の吊灯籠、美しく整えられた庭院《にわ》。陽《ひ》の光を弾《はじ》く瑠璃瓦《るりがわら》は、雄大《ゆうだい》な河の波のように煌《きら》めき、どこまでも続く。

その豪華《ごうか》絢爛さにめまいを覚え、方向感覚を失ったそのとき。

後ろからの衝撃《しょうげき》に花音はよろめき、均衡《きんこう》を崩《くず》して転倒《てんとう》した。

「!?」

「いったあ……」

したたか打ったおしりをさするのも束《つか》の間、

「どこを見て歩いている!」

厳しい叱責《しっせき》の声に慌《あわ》てて顔を上げると、吊り上がった細目の女官が花音を見下ろしていた。

鮮《あざ》やかな濃橙《こいだいだい》色の襦裙を着て、後ろには花音と同じ年頃《としごろ》の薄《うす》橙の襦裙の少女たちを引き連れている。少女たちの緊張《きんちょう》した面《おも》持ちは花音と同じく新入女官と思われた。

試挙のために学んだ知識と入宮《にゅうぐう》式で聞いた知識を、花音は瞬時《しゅんじ》に頭の中で整理する。後宮の女官は後宮六局に所属し、その襦裙は青と赤、局を肩《かた》の徽章《きしょう》で示し、階級を襦裙の濃淡《のうたん》によって見分ける。襦裙の色が濃《こ》いほど階級が高いことを示し、それは妃嬪《ひひん》付きの女官でも同様。

ただし、四季殿《しきでん》付きの女官は仕える殿舎の御殿《ごてん》色の襦裙を着る。

よって目の前の女官の襦裙の色が濃いのは、高位女官の証《あかし》だ。

花音はすぐに先頭の女官に平伏した。

「申し訳ございません」

「……そなた、簪一つも持っておらぬのか」

頭上から降ってきた冷ややかな質問に、なぜ急に簪の話が、と花音は一瞬《いっしゅん》返答に詰《つ》まる。

花音が黙《だま》っているのを返答と受け取ったらしい女官は、鼻で笑った。

「若い娘が簪一つも持っていないとはな。まあ無理もないか。そなた、試挙組であろう？」

「はあ……仰《おお》せの通りにございます」

言った途端《とたん》、女官の高笑いが響《ひび》いた。

「やっぱり。試挙組の庶民《しょみん》ゆえ、装飾品も上流社会の常識も教養も無くて当たり前。だから我ら清秋《せいしゅう》殿の女官の前を横切るなどという失礼極《きわ》まりないことができるというもの」

（いや……横切ってないけど。というか、ぶつかられたんだけど、貴女《あなた》に）

客観的事実を心の中で呟くが、もちろんそれは女官には聞こえない。

「おおいやだ、女官も試挙で登用するとは、どうかしている。女官は良家の子女からのみ選ばれればそれでよろしいというのに」

どうしてこんな庶民の貧相《ひんそう》な娘と同列に、と吐《は》き捨てるように言って、女官は濃橙の裙《すそ》を大袈裟《おおげさ》に翻《ひるがえ》した。

（……相手が悪かったわ）

花音は大きく溜息《ためいき》をついた。

橙色は、清秋殿の御殿色だ。

清秋殿とは、皇貴妃《こうきひ》候補の貴妃が入内《じゅだい》する四季殿の一つ。四季殿は麗春《れいしゅん》殿、爽夏《そうか》殿、清秋殿、凜冬《りんとう》殿、の四殿舎から成る。

そこは豪華絢爛、華やかな絵巻物の世界。そして四季殿付きの女官というのは、ほとんどが良家出身の子女だ。

そんな彼女たちが、花音のような庶民の娘を塵芥《ちりあくた》のように見るのは仕方ない。

けれど「庶民のくせに女官になるなんて」と面と向かって言われると、必死で勉強して試挙に及第《きゅうだい》した身としてはやはり凹《へこ》む。

美しく装った新人女官たちは一様に冷笑を浮《う》かべ、頭《こうべ》を垂れる花音の前を通り過ぎていく。

だが、最後尾《さいこうび》の女官だけは申し訳なさそうに笑みを作った。

女官はそっと列を外れると微《かす》かに会釈《えしやく》をした。先頭の女官ほどではないがやや濃い橙の襦裙。結《ゆ》った髪《かみ》に差したひかえめな簪が陽光を弾く。美しい縞模様《しまもよう》の瑪瑙《めのう》が優《やさ》しく揺《ゆ》れた。

「道に迷われまして？　入宮されたばかりだと、広くてお困りでしょう。よろしければ、目的地までお送りしますわ」

「そんな、いいです」

内心その申し出に甘えたい自分をぐっと抑《おさ》えて言うと、女官は花音の耳元でそっと言った。

「同じ『試挙組』のよしみで。私も入宮したばかりの頃《ころ》は煌びやかな後宮に気おくれしたものですわ」

「貴女も『試挙組』なんですか？」

たおやかな雰囲気《ふんいき》や所作は根っからのお嬢様《じようさま》のように見える。目を丸くしている花音に、女官は微笑《ほほえ》む。

「清秋殿はもうすぐそこ、新人女官たちは私がおらずとも大丈夫《だいじようぶ》ですから、遠慮《えんりよ》なさらず。どちらまで行かれるのです？」

そこまで言われ、花音は思わず、「では……華月堂《かげつどう》までお願いします」と言ってしまった。

「華月堂……ですか」

女官《にょかん》は一瞬、とまどったように見えたが、

「わかりました。では参りましょう」

と先に立って歩きだした。


「すごいですね。こんなに広い場所を、迷わずに歩けるなんて」

花音は心から感心した。女官は、時折すれ違《ちが》う女官たちに会釈をしながら水に泳ぐ魚のように白玉石の敷《し》かれた道を進んでいく。

せっかく案内してもらうのだから道を覚えなくては、と必死に周囲を観察するが、人は多いし建物はいちいちまばゆいし、覚えられているか自信がない。

「もう慣れましたわ。後宮にきて、三年になります」

女官はどこか寂《さび》しげに微笑んだ。

「最初は広いし人もたくさんいるし、怖《こわ》かったです。でも、慣れてしまうものです。すべてのことに、良くも悪くも」

「はあ……」

そんなものかと花音は思う。自分もあと三年経《た》てばこんなふうに落ち着いて行動できるのだろうか。

「貴女、お名前は？」

「白《はく》花音といいます」

「私は英琳《えいりん》と言います。花音さんは、失礼ですが、おいくつ？」

「十六です」

英琳はまあ、と嬉《うれ》しそうに破顔した。

「やっぱり思った通り。私の妹と同い年ですわ」

「妹さんがいらっしゃるんですか？」

「ええ……故郷に一人。甘えんぼうでね」

幼い頃から身体《からだ》の弱い英琳の妹は、英琳が入宮してからも姉恋《こい》しさによく文《ふみ》を送ってくるのだという。困った子だと言いながら、英琳の顔は優しく微笑んでいる。

「仲良しなんですね。いいなあ」

「花音さんは、御《ご》兄弟はいらっしゃらないの？」

「はい。一人っ子です。父一人、娘《むすめ》一人で。母は、あたしが小さいときに亡くなりました」

英琳は「まあ……」と眉《まゆ》を曇《くも》らせて、それからふんわりと微笑んだ。

「僭越《せんえつ》ですけれど、後宮では私を姉とも思ってくださいましね。これも何かの御縁《ごえん》ですわ。さきほどの場所――清秋殿の南西の角に、梛《なぎ》の木がありましたでしょう」

確かに大きな梛の木があった。あれは清秋殿の南西の角なのか、と花音は頭に刻み込む。

「相談事があったらお一人で悩《なや》まず、そこに何か花を結んでください。花音さんだと思って、いつでも会いに参りますわ」

「あ……ありがとうございます！」

「試挙組の女官」と悪しざまに言われた後なので、この温かい言葉は胸に染《し》みた。

「でも、英琳さん、すごいですね。試挙組なのに、その……清秋殿の、高位の女官でいらっしゃるのでしょう？」

四季殿の女官はほとんどが良家の子女出身。試挙組の女官が推挙されるには、相当な苦労と実力がなくてはなれないはずだ。そんな高位の女官にこんなに気安くしてもらっていいのだろうか、と思いつつ言うと、英琳はなぜか表情を曇らせた。

「そんな……私など、すごくもなんともないのです」

「……？」

その思いつめたような言い方が気になり、花音が口を開こうとしたとき、英琳が振《ふ》り返った。

「あれが華月堂ですわ」

気が付けば吉祥宮の南端《なんたん》の塀《へい》が見えており、瑞香《ずいこう》の低い垣根《かきね》に埋《う》もれるように小さな石《いし》灯籠《どうろう》が並ぶ場所に出ていた。

「あれが？」

花音は目の前の建物を見上げる。

大きさはそこそこだが、これまで見た絢爛《けんらん》な建物群からすると、物置蔵か倉庫と見間違《みまちが》うほど地味な建造物だ。

塗《ぬ》りっぱなしの赤茶けた壁《かべ》、装飾《そうしょく》のない屋根や欄干《らんかん》。

窓が小さい造りは蔵書楼《ろう》だからだろう。

ぐるりと半周巡《めぐ》ると、階《きざはし》の上に扉《とびら》が見える。建物の地味さに比して立派な扉で、不可思議な幾何《きか》学模様が意匠《いしょう》されていた。

庭院《にわ》というには小さすぎる場所には瑞香の低木が芳《かぐわ》しい香《かお》りを放ち、小さな井戸《いど》がある。吉祥宮で今まで見てきた豪華《ごうか》絢爛煌《きら》びやかな風景とは真逆な、地味な風景――だが。

「素敵《すてき》……建物から古い紙の匂《にお》いがする！　きっと大切に保管されてきた本がたくさんあるんだわ」

花音は目を輝《かがや》かせて英琳の手を握《にぎ》った。

「こんな後宮の隅《すみ》っこまで来ていただいて、本当にありがとうございました」

「い、いいえ、とんでもない。わたくしこそ、楽しいひと時をありがとうございました」

英琳は微笑んだが、ふと気づかわしげに声を落とした。

「わたくしも人づてに聞くだけですが、華月堂にはいろいろな噂《うわさ》がありますの。御存《ごぞん》じですか？」

「ええ、たしかに……」

花音も、入宮式で小耳にはさんだ。

上司が鬼《おに》でいびり殺された女官がいるとか、読書好きだった妃《きさき》の幽鬼《ゆうき》が出るとか、そんな他愛《たわい》もない噂だ。

「だいたいは取るに足らぬ噂話ですが……ただ一つ、華月堂に『呪本《じゅほん》』がある、というのは本当らしいんです」

思わぬ言葉に花音は目を見開く。

「呪本？」

幽鬼とか上司が鬼とかは聞き流せるが、呪本となると気にかかる。本好きの好奇心《こうきしん》がむくむくと頭をもたげる。

「その本の名前、御存じですか？」

「え、ええ……古参の女官から聞いた話では、『花草子《はなぞうし》』というのだそうです」

「花草子……」

なんだか可愛《かわい》らしい題名だ。呪本というより、癒《いや》し本という感じすらする。

「その本を手にした者は呪《のろ》われた力を手に入れるとか、身を滅《ほろ》ぼすとか。後宮に古くから伝わる話だそうです。どうか、お気を付けになって」

花を結んでくださいね、と英琳は微笑んで去っていった。

「『花草子』か……」

本を手にしただけで身を滅ぼすとは、確かに恐《おそ》ろしい呪本だ。

「だ、だいじょうぶかしら、華月堂……」

自分の職場への不安が大きく募《つの》る。

ふと思い出し、花音は抱《かか》えた平包《ひらつつみ》から水筒《すいとう》を出した。

丁寧《ていねい》に彫《ほ》られた山桜と花音の名に触《ふ》れると、不安な気持ちが少しやわらぐ。

「ありがとう、父さん。あたし、負けないよ」

嘘《うそ》をついてまで故郷に残してきた父のことを思い、花音は自分を奮い立たせた。

「たくさんの本に囲まれて好きなだけ読めて、お給金までもらえる。こんなおいしい仕事ないわ。幽鬼が出ようが呪本があろうが、本があるかぎりそこは理想郷。読みまくって、働きまくるわ！」

花音は力強く決意表明を春空に叫《さけ》び、ぐびぐびと水を飲んで平包に仕舞《しま》った。

「よし、行こう」

幾何学模様の描《えが》かれた扉に向かって階を一歩一歩上っていく。

美しく不思議な気持ちになる幾何学模様。花音は汗握《あせにぎ》る手でそっと扉を叩《たた》いた。

「失礼します。この度の入宮《にゅうぐう》式で、華月堂司書女官の任を拝しました、白花音と申します」

一拍《いっぱく》おいて「どうぞ」と優雅《ゆうが》な声が返ってくる。

女性？　それにしては声が低いような。

「失礼します」

扉を両手で思いきって開け、花音は理想郷への一歩を踏《ふ》み出した。

薄暗《うすぐら》い室内、長卓子《たくし》の奥に大きな籐《とう》の椅子《いす》があり、優雅に足を組んで座っている人物がいる。

その姿を見た瞬間《しゅんかん》、「地味な薄鼠《うすねず》の袍《ほう》に丸眼鏡の老宦官《かんがん》が待ち構えている」、という脳内予想がガラガラと音をたてて崩《くず》れていった。

（この人、誰《だれ》⁇）

鮮《あざ》やかな紫《むらさき》の袍に、墨《すみ》色の袴《はかま》。籐椅子に預けた身体の丈《たけ》からいって明らかに男性だ。しかしこの官人、というには華《はな》やかすぎる。

（化粧《けしょう》……してるよね⁇）

いらっしゃい、と動いた形の良い唇《くちびる》にはうっすら紅を差しているように見える。薄暗くてもそれとわかる整った顔立ちは中性的で、いずれの殿舎《でんしゃ》の妃嬪《ひひん》と言われてもおかしくない美貌《びぼう》だ。

（も、もしかしてすごく大きいお妃様、とか…？）

あたふたする花音とは対照的に、その人物は妃嬪もかくやという優雅な身のこなしで扇《おうぎ》を動かし、婉然《えんぜん》と微笑《ほほえ》んだ。

「華に遊び月に歌う——ここは書に親しみたい者が貴賤《きせん》の別なく訪《おとず》れる、後宮唯一《ゆいいつ》の憩《いこ》いの場。ようこそ華月堂へ。あたしはここの司書長官、鳳伯言《ほうはくげん》よ」

(司書長官!)

これが噂の鬼上司なのか? という緊張《きんちょう》が走る。

『新人司書がいびり殺された』という噂話が脳裏《のうり》をよぎり、慌《あわ》てて拱手《きょうしゅ》した。

「改めまして、白花音と申します。どうぞよろしくお願いします」

花音は目線をちら、と上げ、目の前の上司を見た。

深い二重《ふたえ》の大きな双眸《そうぼう》、それを縁取《ふちど》る長い睫毛《まつげ》、高い鼻梁《びりょう》にすっきりとした口元。甘い端整《たんせい》な顔立ちは、濃《こ》い化粧でむしろ台無しになっている感があるくらいだ。化粧などしなければいいのに。

鬼どころか、どこぞの姫《ひめ》か貴公子かと思われる麗貌《れいぼう》だ。

美しい。美しすぎる——宦官。

(もちろん宦官、だよね?)

後宮にいる男性は、例外を除いて宦官である。

蔵書楼は後宮のものも含《ふく》めて秘書省の管轄《かんかつ》、秘書省から尚儀局《しょうぎ》へ派遣《はけん》されるのは老宦官だと思っていた。若くて見目の良い宦官は内侍省《ないじ》に配属され、皇族や妃嬪の宮殿《きゅうでん》へ配されると聞いていたからだ。

（華月堂が内侍省の管轄なのかな……⁇）

と思った刹那《せつな》、花音の目の前で扇が鋭《するど》い音をたてた。

「！」

驚《おどろ》きのあまり何度も目をしばたかせる花音に、鳳伯言は大きな扁桃《アーモンド》のごとき美しい双眸をすがめる。

「ダダ漏《も》れ。頭の中ダダ漏れよ白花音。顔にすべてが出たんじゃあ後宮で生き残れないわよ！」

（生き残る？　あたしは妃嬪じゃなくて司書女官《にょかん》なんですけど？）

などと心の中でツッコむが、鳳伯言は弧《こ》を描《えが》く眉《まゆ》を上げて迫《せま》ってくる。

「返事は！」

「は、はい！」

「いい？　まず華月堂は内侍省管轄ではない。どこの指図も受けない孤高《ここう》の官司なの」

鳳伯言は得意げに言うが、花音は顔を引きつらせた。

「孤高……」

物は言いようである。

（華月堂は閑職《かんしょく》なんだわ、きっと）

左遷《させん》された宦官や使いものにならない官人の墓場。

さきほどから、鳳伯言より他に人影《ひとかげ》を見ない。いくらなんでも官人が一人の職場など有り得ない。しかし華月堂が「官人の墓場」ならそれも納得《なっとく》できる。

「それから！　あたしが宦官かどうかを聞くのは失礼よ！　女性に齢《とし》を聞くのと同じくらい失礼！」

(いや聞いてないし！)

秘《ひそ》かにドン引いたが黙《だま》ってコクコクと頷《うなず》いた。

「ここは少数精鋭《せいえい》、孤高の職場。使えない者はお払《はら》い箱よ。新人といえども容赦《ようしゃ》はしない。おわかり？」

鳳伯言は錦《にしき》の袋《ふくろ》を取り出し、中から銀色の小さい板のような物を取り出して花音に向けた。

「そ、それは！」

花音は思わず声を上げた。

蔦《つた》文様の中に、愛らしい鳥が羽ばたく姿が精緻《せいち》に意匠《いしょう》された銀板。

それは入宮式で、なぜか花音だけ受け取れなかった尚儀局徽章《きしょう》だ。同じ尚儀局の雅楽房《ががくぼう》や祭祀司《さいしし》などの女官にはそれぞれ配付されていたのに。

「お察しの通り、これは司書女官の証《あかし》である徽章よ。あんたはまだ、司書未満。あたしが使える司書と認めたら、さしあげるわ。ただし！　使えないと判断したら即刻《そっこく》お払い箱だから」

「そ、そんな！　あたしは正式な辞令を拝してこちらに——」

「口答えしない！　わかったの？　わからないの？」

美しき上司は徽章を掌《てのひら》の上で弄《もてあそ》んでいる。

（あたしの司書女官としての命運は、この人の手中にあるんだわ……この徽章みたいに）

「返事は？」

「……わ、わかりました」

鳳伯言は満足そうに笑《え》み、手の中でぴしりと扇を打った。

「よろしい。では、さっそく仕事よ」


——華月堂には鬼《おに》上司がいる。

「噂《うわさ》は本当だった……」

しょっぱなから司書未満呼ばわりされ、徽章はもらえず。

「予定では今頃《いまごろ》、本を読みまくっているはずなのに——っ」

世界中の書物、珍本《ちんぽん》貴本。加えて、宝珠皇宮《こうぐう》にある膨大《ぼうだい》な蔵書。それら本の海に溺《おぼ》れて幸せの悲鳴を上げつつ次から次へと本を手に取る、新しい本と出会い放題、ときめきの理想郷。

そこに花音は身を置いている——はずだった。

その理想郷の前に立ちはだかったのが、鬼上司・鳳伯言。

鳳伯言に言いつけられた仕事とは、本を書架《しょか》に戻《もど》すこと。

『ここにある本を書架に戻してね。つまり配架《はいか》よ。本にはすべて、印が貼《は》られている。同じ印が刻まれた書架に本を戻すの。それだけ。簡単な仕事でしょ？　五日間で終わらせてちょうだいね』

確かに簡単だ。簡単なのだが。

「これが五日間で終わるわけないわよっ！」

空っぽの書架の下、まるで地面からにょきにょき生えた鍾乳石《しょうにゅうせき》のような本の山が蔵書室の奥まで続く。

何度も確認したが、すべての書架において同じ状況《じょうきょう》だった。

つまり現在、この蔵書室内の本はすべて書架から出されている。

それをたったの五日間ですべて元通りに戻せとは。おまけに指示した当人は手伝いもせずとっとと去ってしまうとは。新人いびりとも取れる無茶振《ぶ》りだ。

「思う存分本が読めない……これじゃあ鹿河《ろっか》村にいるときと変わらない……どころか状況が悪くなってる……」

むしろ目の前に垂涎《すいぜん》ものの本が大量にあるぶん、読みたいのに読めないという負荷が心を圧迫《あっぱく》する過酷《かこく》な状況と言える。

うず高く積み上げられた本の谷間に座り込んで、花音はがっくり肩《かた》を落とした。

こうなると、鬼上司にいびり殺された女官がいる、という噂は本当かもしれない。

花音は伯言の妖艶《ようえん》な笑みを思い浮《う》かべ、首をぶるぶる振った。

「無茶振りでもなんでも、やるしかない。早くこの配架を終わらせて、徽章を手に入れなくちゃ！」

徽章はいわば、身分証明書。徽章なくして司書を名乗ることはできないと言っても過言ではない。

これがいびりでも無茶振りでも、誰《だれ》もが認める司書女官になるには、鳳伯言という鬼上司の壁《かべ》を越《こ》えなくてはならない。

花音は決意を新たにして、本の山と格闘《かくとう》を始めた。が、しかしどうしたことか、立ち眩《くら》みに思わず座り込む。

このまま鬼上司にコキ使われて過労死したらどうしよう。

「誰か助けて……」

微《かす》かに呟《つぶや》いた、そのとき。

ぐううう　ぐうきゅるる！

「——あは、ははは。そういえばお腹空《なかす》いてるかも……」

なんのかんのでお昼を食べていないことに気付く。立ち眩みもするはずである。

花音は、いったん作業を中断して、後宮食堂に向かった。

「すごい人混《ご》み……」

ここは後宮食堂。

後宮に住む者たちの食事を一手に引き受ける尚食局《しょうしょくきょく》の、いわば本部である。

開け放しになった空間には長卓子《たくし》がずらりと奥まで並び、様々な人々がひしめき合って食事をしていた。

配膳《はいぜん》台には大鍋《おおなべ》や大蒸籠《せいろう》が並び、麺《めん》や炒飯《いりめし》、肉や魚に点心、ざっと見てもいろんな種類の御馳走《ごちそう》が並び、見ているだけで涎《よだれ》が出てくる。

「あっあそこの席空いた……って座られた！　あっちが空いた……ってまたダメか！」

目の前の御馳走を「待て」された犬のように、あたふたと座ろうとしては人波に押され、人波をかきわけようとしては押し出され、辺りを漂流《ひょうりゅう》することしばし。

「あんた、こんなところで何してんの？」

振り向くと、小柄《こがら》な女官《にょかん》が立っていた。白い前掛《まえか》けをしているので尚食女官だろう。

「あれ？　ここは⁇」

いつの間にか、周囲の景色が変わっていた。

あの吹《ふ》き抜《ぬ》けの大きな食堂はどこへやら、代わりにいくつもの煙突《えんとつ》から湯気の立ち上る大きな建物が並んでいた。目の前の女の子と同じように白い前掛けをした女性たちが忙《いそが》しく立ち働いている。

どうやら、人波にここまで押し出されたらしい。

「ここは後宮厨《くりや》だよ。迷ったの？　新人さん？　お昼、食べてないの？」

「あー、ええと……」

ぐうううう。花音が言うより先に腹の虫が答える。女官は朗《ほが》らかに笑った。

「今、食堂がいちばん混んでる時間だからねえ。ちょっと待ってて」

女官はさっと厨の中に入るとすぐに湯気を上げる蒸篭を大きな盆《ぼん》に載《の》せてきた。

「これ一緒《いっしょ》に食べない？　あたしもちょうど昼食なの」

新人とお昼出まーす、と厨房《ちゅうぼう》内に一声叫《さけ》び、女官は花音を連れて戸口を離《はな》れた。

少し離れた場所に厨房で使うのであろう薪《まき》が積んであり、その周囲に丸太で作った、というより丸太が放置されてできた風情《ふぜい》の卓子と椅子《いす》が点在している。

尚食女官はその一つに盆を置いた。

「厨の裏手はあたしたち尚食女官の休憩《きゅうけい》場所なの。あたしたちは食堂へ行って食べる時間はないし、昼時は行っても座る場所もないからねえ」

「たしかに」

食堂の様子を思い返し、今後の昼食の算段が不安になる。

花音の不安を察知したのか、尚食女官が笑った。

「だいじょうぶ。食堂が混んでたり食べる時間がなかったら後宮厨に寄って。手の空いてる女官が食べ物出すから」

「本当ですか⁉　そんなことしてもらっていいんですか？」

「あはは、大げさねえ。みんなやってるから大丈夫《だいじょうぶ》だよ。気楽に寄ってって」

「あ、ありがとうございます」

花音が頭を下げると、こちらこそと女官は笑った。

「今日はあんたのおかげでやっと抜けられたよ。もう忙しいったらありゃしない。ありがとね」

女官は片目をつぶって蒸篭の蓋《ふた》を取る。湯気と一緒にふわんといい匂《にお》いが立ち上った。

「ふわあぁああ美味《おい》しそう……！」

花音は思わず歓声《かんせい》をあげた。ふっくらした包子《パオズ》がいくつも入っている。形違《ちが》いがあるので、餡《あん》に種類があるのだろう。包子まで種類豊富とは、さすがは貴人の住まう後宮の厨である。

「ふふふ、あたしが作ったんだ」

黒目がちなくるりとした目、背が低く、全体的に少しふくよかでえくぼの可愛《かわい》い女官は花音と同じ年頃《としごろ》だろう、愛らしい小動物を思わせる。

「あたし、陽玉《ようぎょく》。見ての通りの尚食女官。あんたは？」

「白花音といいます。華月堂の司書女官です」

陽玉はくるりと丸い黒目がちの目をさらに丸くした。

「華月堂！　あの噂《うわさ》の！　お妃様《きさき》の幽鬼《ゆうき》が出るって本当？」

「いや、それはまだわからないですけど」

「呪本《じゅほん》は？」

「ええ、噂ではあるらしいですけど」

「上司が鬼《おに》って本当？」

「あ、それは本当です」

花音は迷わず即答《そくとう》する。

「へえ……やっぱり火の無いところに煙《けむり》は立たない、ってね。かわいそうに。はい、肉まんでも食べて元気だして。熱いから気を付けてね」

女官がねじり型の包子を花音に渡《わた》した。

花音はそのあつあつの包子にかじりつく。

「美味しい！」

「でしょう？　あたしが作ったんだ。あたし、料理の腕《うで》だけが自慢《じまん》だから」

陽玉は笑った。

二人はしばらく夢中で包子を頬《ほお》ばった。肉餡、餡子、野菜餡、どれもほっぺたが落ちる美味しさだ。

ひとしきり食べて水筒《すいとう》の水を飲み、花音はおそるおそる聞いてみる。

「あの……さっきの華月堂の噂のこと、詳《くわ》しく知ってますか？」

「もちろん」

陽玉はうれしそうに身を乗り出した。噂話が好きなのだろう。

「華月堂の噂は後宮じゃ有名よ。上司が鬼なのが本当なら、他《ほか》の噂も本当なのかなあ」

確かにそうかもしれない。花音はごくりと唾《つば》をのむ。

「昔、麗春殿のお妃様が……それはお綺麗《きれい》な方だったらしいのだけど、読書が好きでね。華月堂にもよくお越しになっていたんですって。お妃様は身体《からだ》が弱くて、御子《みこ》をお産みになってから亡くなってしまわれたの。それからというもの、夜になると華月堂には、紅《あか》い紗《しゃ》上衣を羽織ったお妃様の幽鬼が書架《しょか》の間を彷徨《さまよ》っているんですって」

「へ、へえ……」

想像しただけでゾッとするが、幽鬼が出るのが夜ならば問題ないと気を取り直す。

「呪本はね、華月堂のどこにあるか、わからないんだけれど、誰《だれ》かを憎《にく》んだり恨《うら》んだりしている人を呪力《じゅりょく》で引き寄せるんですって。そして確実に人を呪《のろ》い殺せる力を与《あた》える代わりに、呪った人もその本に呪われるんですって」

「怖《こわ》いですね……」

『花草子』といったか。人を呪わば穴二つ。その愛らしい題名からは想像のつかない恐《おそ》ろしさだ。

「で、花音の話じゃ、鬼みたいな司書がいるのは本当、と。鬼司書に怪談《かいだん》じみた噂話。華月堂にはほとんど人が行かないはずよね」

「そうなんですか⁉」

どうりで閑散《かんさん》としているはずだ。本があんな状態だとはいえ、娯《ご》楽《らく》室である蔵書楼《ろう》に官人——しかも鳳伯言だけ——以外にまったく人影《ひとかげ》がないのはおかしい。

「うん。噂を気にしない人は行くみたいだけど、怖がっている人が大半かな。華月堂は身分関係なく誰でも入れる娯楽室だから、みんな気にはなってるけどねえ」

そのとき、後宮厨の裏から陽玉を呼ぶ声がした。

「陽玉！　食べたらすぐに明日《あした》の点心の仕込みやっておいて！　あんたの点心がいいって清秋殿から御達《おたっ》しがきてるから！」

陽玉は嫌《いや》そうに顔をしかめつつ「はあいただいま」とよく通る声で返事した。

「ねね、あんた、明日ヒマ？　お妃様たちのお茶会の手伝い、一緒に行ってくれない？」

「え？　えーっと……」

花音は即座《そくざ》に断る理由が三つ浮《う》かび、そのうちのどれを言おうか迷っていると、陽玉が顔の前で手を合わせた。

「ね、お願い。明日の昼も明後日《あさって》の昼も、ていうかずっとあんたのゴハンはあたしが保証するから。今日の夜食にこれ持って帰っていいから。ね？」

陽玉は蒸籠に残っている形ちがいの包子を次々と手拭《てぬぐい》に包む。

「もちろん行かせていただきますっ」

花音は力強く頷《うなず》いた。断る理由は瞬殺《しゅんさつ》された。

今後の美味しい食事が約束されるなら、他局の手伝いをするくらいお安い御用《ごよう》だ。配架《はいか》の時間をけずってでも行く価値はある。今日の調子では、明日も伯言はすぐに華月堂からいなくなるだろうから、問題はない。

「でも、何をすればいいんですか？　ていうか、他局のあたしなんかがお手伝いに行ってもいいんですか？」

「うん、大丈夫。前掛《まえか》けすれば他局の女官《にょかん》ってバレないから」

確かに、陽玉の襦裙《じゅくん》も花音と同じ桜色と水色なので、前掛けをすれば外見からは尚食女官に見える。

陽玉は申し訳なさそうに苦笑した。

「ただ点心とお茶をお運びすればいいだけなんだけど……誰も行きたがらないからさ、四季殿がらみのお茶会は」

四季殿とは、皇貴妃《こうきひ》候補の四人の貴妃が住まう殿舎《でんしゃ》だ。

麗春殿、爽夏殿、清秋殿、凛冬殿。貴妃はそれぞれの殿舎の季節を冠《かん》し、春妃《しゅんひ》、夏妃《かひ》、秋妃《しゅうひ》、冬妃《とうひ》と称《しょう》される。

十年前、今上帝の皇后が崩御《ほうぎょ》した後、勅命《ちょくめい》により妃嬪《ひひん》はすべて後宮から出された。皇太子は未定なので名目上は今上帝が後宮の主《あるじ》であるが、実質、今上帝は後宮を放棄《ほうき》している。

しかし近頃《ちかごろ》、立太子の話が朝廷《ちょうてい》で持ち上がった。

その動きを察知して、昨年末いち早く入内《じゅだい》したのが、朝廷の実力者である中書令の娘《むすめ》、楊美蘭《ようみらん》。秋妃である。

次いで入内したのが禁軍大将軍の娘、宋華憐《そうかれん》。夏妃である。

少しおいて冬妃、春妃、と入内し、皇太子不在のまま四季殿の貴妃が揃《そろ》ったのだった。

「で、秋妃と夏妃の仲が悪くてね。この二人が同席すると、必ずひと悶着《もんちゃく》起こるのよ」

花音は首を傾《かし》げる。

「仲が悪いなら、お茶会で仲良くなればいいのでは？　お茶会って、和《なご》やかに点心や甜食《てんしょく》を食べて、お妃様たちが語らう場所ですよね？」

花音は後宮を舞台《ぶたい》にした物語もたくさん読んでいる。お妃様たちのお茶会というのは、後宮から出ることのかなわない彼女たちがせめて美味しいお茶を飲み、お互《たが》いを励《はげ》まし合う団欒《だんらん》の機会として描《えが》かれている。

陽玉は顔をしかめて首を振《ふ》った。

「とてもそんな雰囲気《ふんいき》じゃないわね。楊秋妃は気性《きしょう》が激しくてすぐに怒《おこ》るし、宋夏妃はそれを淡々《たんたん》と流しているし、冬妃と春妃も静観を決めこんでいるし。楊秋妃が茶器を投げつけても、冬妃も春妃も平静を装《よそお》って座っているんだ。怖くない？」

「茶器が投げつけられる……」

茶器が飛び交っても座っていなくてはならないなんて、苦行のようなお茶会だ。確かに団欒とはほど遠い。

お妃様というのはあんがい大変な仕事なのかもしれない。

「とにかく、一緒《いっしょ》に行ってくれて本当に助かるよ。明日、よろしくね」

陽玉は包子《パオズ》でいっぱいになった手拭を花音に恭《うやうや》しく差し出した。


太陽が明るいうちに一冊でも多く配架を、と思う。

夜は明かりが必要になる。蔵書楼という場所柄《がら》、火気厳禁なので、灯籠《とうろう》を使うことはできない。尚儀局へ行けば灯火石の入った灯籠が借りられるだろうが、今はその時間が惜《お》しかった。

だんだん作業に慣れてくると、本が印別に分けられているため、どこにどんな本が置いてあるのかがなんとなくわかってきた。一冊一冊本の表紙を磨《みが》き、書架に収めると、本があるべきところに収まったようで気持ちがいい。

夢にまでみた皇宮《こうぐう》の蔵書。そして花音の期待を裏切らない量と質の本が、山のように揃っている。本を開けないのが心から辛《つら》い。

しかし手に取れば題名は目に入るし装丁《そうてい》の素晴らしさや状態もわかる。

「さすがは後宮の蔵書。やっぱり装丁が美しいわあ……」

思わず頬《ほお》を緩《ゆる》めつつ、花音は乾《かわ》いた布を片手にさっと表紙を磨き、配架していく。本を磨くのは幼い頃《ころ》からの花音の習慣だ。

「そもそも本は装丁の素晴《すば》らしさも込みの芸術品。坊本《ぼうほん》のざらっとした手軽な感触《かんしょく》もいいけど、この表紙のしっかりと頁を守ってくれる感触、色、意匠《いしょう》された模様……あぁ素晴らしすぎる！」

うっとりとひとり言を呟《つぶや》く姿は端《はた》から見れば非常に奇異《きい》だろうが、

（いいんだもん。今、華月堂《こ こ》にはあたししかいないし）

と納得《なっとく》する。

その直後だった。

「本が好きなんだね」

背後からの声にぎょっとして振《ふ》り返り、もう一度ぎょっとする。

（誰……っていうかなんで⁇）

その人物は、顔を墨色《すみいろ》の覆面《ふくめん》で隠《かく》していた。

長身に濃緑《こいみどり》の袍《ほう》。

くすんだ緑は内侍省の色、その濃色を纏《まと》っているということは、内侍省の高官だ。

「決して怪《あや》しい者じゃないよ」

覆面をしている時点で怪しい者っぽい、と花音は思ったが、その丁寧《ていねい》な物腰《ものごし》に警戒《けいかい》するのも忘れ、つい尋《たず》ねてしまう。

「あの……もしかして、見てました？」

「幸せそうな人って、つい見つめたくなるでしょ」

くすくす笑う覆面宦官《ふくめんかんがん》を前に、花音は恥《は》ずかしさで悶絶《もんぜつ》死しそうになった。

（いやあぁああ見られてた！　恥ずかしすぎるっ）

そして言い訳するように慌《あわ》てて言う。

「いやっ、そのっ……あたし、華月堂の司書女官なんです！　だから配架をしていて……新人で……まだ上官から徽章《きしょう》をもらってないですけど……」

しどろもどろで語尾《ごび》が消えそうになるのが我ながら情けない。

しかし覆面宦官は爽《さわ》やかな微笑《ほほえ》みが似合いそうな声で言った。

「徽章がなくても司書女官だってすぐにわかったよ。本の扱《あつか》いがとても丁寧だ」

「えっ、本当ですか……？」

鳳伯言はぜったいに言わないであろう誉《ほ》め言葉に、花音は思わず舞《ま》い上がるような心地《ここち》になる。

「僕は内坊《ないぼう》局の宦官で、藍《らん》という。君は？」

「白花音と申します」

答えつつ、（内坊局⁉）と花音は内心、仰天《ぎょうてん》した。

内坊局とは東宮《とうぐう》の一切《いっさい》を取り仕切る内侍省の一局、そこの宦官ということは、男性皇族の身近に仕えている超高官《ちょう》である。

「君が華月堂の司書女官ならちょうどいい。頼《たの》みたいことがあるんだ」

「あの……失礼ながら、あたしみたいな下っ端《ぱ》の新人に頼みごとって……あたし、何かお役に立てるんでしょうか」

上司には司書未満として扱われている身である。

内坊局の超高官相手に粗相《そそう》でもしたら即刻《そっこく》、鳳伯言に徽章を燃やされてしまいそうだ。

「華月堂にある『花草子』という本を探してほしいんだ」

「……花草子」

それは華月堂のどこかにあるという『呪本《じゅほん》』ではないか。

「どうかした？」

「あ、いえ……」

(呪《のろ》われるんでしょ？　手にしたら呪われるんだよね、『花草子』)

花音の心中を見透《す》かしたのか、覆面宦官はくすりと笑った。

「だいじょうぶ。噂《うわさ》のように、触《さわ》ったら呪われるとか、そんなことはない。内容はともかく、見た目はただの本だと聞く。だから、探してくれないかな、司書女官殿《どの》」

司書女官という響《ひび》きに花音は反射的に頷《うなず》いてしまい、ハッとする。

(バカバカあたし、なんで引き受けちゃうのよ！)

できません、という言葉は、覆面官官の低い声に消された。

「それと……このことは僕と君だけの秘密にしてほしい。誰《だれ》にも知られたくないんだ。いいね？」

「は、はあ」

超高官に念を押され、花音は頷くしかない。

(自分から呪本に近付くハメになるなんて……)

花音ががっくりしていると、藍が花音をのぞきこんできた。相手は覆面なので表情《かお》は見えないが、こうも接近されるとさすがに居心地《いごこち》の悪さを感じる。

「あ、あの……なにか？」

「いや、ちょっと気になって。この本の山、まさかと思うけど、君が一人で配架《はいか》しているの？」

花音は顔を引きつらせつつ「そのまさかです」と答えた。

「なんてことだ」

藍は信じられないと呟くと、手近にあった本を拾って書架《しょか》に戻《もど》しはじめたではないか。

花音は慌ててそれを制止した。

「藍様おやめください！　そんなことはあたしがするので！」

内侍省の超高官に配架をさせるなど、もってのほかだ。しかし藍は覆面を大きく横に振る。

「この状況《じょうきょう》を黙《だま》って見ていられるほど僕は非情じゃないよ。かよわい女人《にょにん》にこんなこと全部させるなんて」

優《やさ》しい一言に胸を撃《う》ち抜《ぬ》かれクラクラした。

(神っ……この御方《おかた》は神だわ)

その後ろ姿に後光が差している。呪本は怖《こわ》いけど、この御方がだいじょうぶというなら大丈夫《だいじょうぶ》だろう。

(探すわ、『花草子』)

藍の持っている本を花音はそっと受け取る。

「配架をどんどん進めて、『花草子』を見つけ出して、必ず藍様にお渡《わた》しします。司書女《にょ》官《かん》として初の資料提供業務ですから」

「それは頼もしいね。では仕事を依頼《いらい》した対価ということで僕も配架を手伝おう。それでいいかな?」

「で、でも」

躊躇《ちゅうちょ》する花音の肩《かた》に、藍が手を置いた。

「君は、なんとなくほうっておけない」

その声音《こわね》の優しさに、思わずどきりとする。

「花猫《ファマオ》のようでね」

「花猫？」

「昔、そういう名の子猫《ねこ》を飼っていたんだ。君のような翡翠《ひすい》色の目をしていて、くるくるとよく動くから目が離《はな》せなくてね」

「はあ……」

「書架の高い場所は僕に言ってくれ。その方が効率がいいだろう」

「は、はい。わかりました。では、こっちの山から印別に分けますね」

実際、高い場所に配架してもらえるのは助かる。梯子《はしご》をいちいち移動させなくて済む。

（よ、よし、今はとりあえず、お言葉に甘えて手伝っていただこう）

『花草子』という本を探すという、司書女官らしい仕事が増えた。花音のやる気も三倍増しだ。


小窓から見える空には、いつの間にか闇《やみ》色の帳《とばり》が降り、美しい月が昇《のぼ》っていた。

「くれぐれも無理しないように。明日《あした》も来るから」と言い残して、藍は夕方近くに帰っていったのだが。

「内坊局の超高官と配架なんて、やっぱりおそれ多いわよね」

しかし藍のあの様子では、花音がどう言おうと手伝ってくれそうだ。

「なんとかもっと効率よく片付けられないかしら」

せめて効率を上げれば配架速度が上がり、藍に手伝ってもらう時間も減る。

陽玉にもらった包子《パオズ》を食べつつ、花音は室内を見て回った。何か使える物はないだろうか。

薄暗《うすぐら》い室の奥、壁《かべ》書架の近くに、高窓から月光が差しこんでいる。その月光に照らされて、大きな黒い影《かげ》が見えた。

「よし。これを使うわ」

この蔵書室内でおそらく一番大きい梯子。車輪の付いた移動式のものだ。ここに本を載《の》せれば手で運ぶよりたくさんの本を移動できる。

その周辺の本を印別に集めて、梯子の踏《ふ》み板の上に手拭《てぬぐい》を敷《し》き、その上に丁寧《ていねい》に本を積み上げていく。梯子は踏み板部分の幅《はば》があるので、かなりの冊数が積めた。

「いい感じ。うまくいきそうだわ」

花音はにんまり笑った。

しかし、梯子を押してみると、びくともしない。よくよく点検すると、車輪が軋《きし》んで動きにくくなっている。

「油を差さないとダメかな」

事務室に探しに行こうとした、そのとき。

さあ、と外から風が吹《ふ》き込んできた。

顔を上げると扉《とびら》が大きく開いている。明るい月を背景に、背の高い人影が立っていた。

紅《あか》い紗《しゃ》上衣が、風に揺《ゆ》れている。


(嘘《うそ》⁉　華月堂の幽鬼《ゆうき》……!)

麗春殿に住んでいた、紅い紗上衣をまとった読書好きのお妃《きさき》の幽鬼——陽玉から聞いた話が脳裏《のうり》をよぎって花音は一瞬《いっしゅん》おののいたが。

次の瞬間《しゅんかん》、月明かりの中のその光景に思わず息を呑《の》む。

月光と共に地上へ降りたった月神——そんな題名の一幅《いっぷく》の絵のようだった。

近付いてきてわかった。女人じゃない。青年だ。

精悍《せいかん》な立ち姿、上がった意志の強そうな眉《まゆ》の下、切れ長の双眸《そうぼう》は透《す》きとおる紫水晶《むらさきずいしょう》のような紫瞳《しとう》。羽織っているのは女性物の紅い紗上衣で、その下は月白の深衣《しんい》という奇異《きい》な格好だが、青年にはしっくり似合っている。

無造作にくくった長い黒髪《くろかみ》が、肩の上で黒曜石のような艶《つや》めきを放っていた。

青年は驚《おどろ》いたようにその紫色の双眸を見開いた。

「誰だ」

（だいじょうぶ、怖がらなくてだいじょうぶ）

花音は一生懸命《けんめい》自分を落ち着かせる。噂《うわさ》の幽鬼はお妃だ。目の前の麗《うるわ》しい姿は青年じゃないか。

「あたしは華月堂の司書女官、白花音です。あ、貴方《あなた》は？」

勇気をふりしぼって答えると、青年は一瞬ぽかん、とした後、可笑《おか》しそうに笑った。

「な……なにが可笑しいんですか！」

「いや、大真面目《まじめ》に聞くからさ。——後宮《ここ》でオレに誰何《すいか》する奴《やつ》がいるとは」

後半の方は小声で花音には聞き取れなかったが、青年はまだニヤニヤしている。

（ぜったい幽鬼じゃない。ほんものの人だわ。しかも意地悪な）

「名乗るのは礼儀《れいぎ》でしょう」

「それは失礼、司書女官サマ」

そのバカにしたような態度に花音はいささか腹が立った。

この見目麗《みめうるわ》しさだ。不遜《ふそん》な態度からして、四季殿の宦官《かんがん》かもしれない。

だから派手な格好をしてこんな夜更《よふ》けにウロウロしているのだ。

今朝のことを思い出し、これ以上四季殿の鼻持ちならない人々とは関わり合いたくない
花音は、扉を閉めようとした。

「ちょっ、待っ、なんで締《し》め出すんだよ」

「不審者《ふしん》を見たらすぐに家の扉を閉めるよう、父に言われて育ちました」

本当のことだ。遠雷《えんらい》は今頃《いまごろ》くしゃみをしているだろう。

「オレは不審者か！」

「いきなり訪《おとな》いも入れずに扉を開けて名乗りもしない人は、立派な不審者だと思います」

有無《うむ》を言わさず扉を閉めようとする花音に、青年は慌《あわ》てた。

「わかった、わかったって。オレは……紅《こう》という」

花音は名乗った青年を頭のてっぺんからつま先まで胡乱《うろん》げに見た。麗姿《れいし》を引き立てる紅い紗上衣。名前は紅。

(見たまんまじゃん)

どうも怪《あや》しい。

しかし四季殿の宦官かもしれない者を無下に追い払《はら》うわけにもいかない。

「紅さんは、ここに何か御用《ごよう》ですか？」

形式的に聞いてみるが、逆に質問された。

「花音って言ったな。おまえこそ何やってんの？」

「何、って……」

上司が鬼《おに》とか徽章《きしょう》もらえないとか過重労働とか、いろんな言葉が頭の中を流れていった

が、花音は一言、

「仕事です」

と端的《たんてき》に答えた。

「こんな時間に？」

「ええ。上司はどうも、仕事配分感覚が常人とはいちじるしく異なっているみたいで」

「上司って……ああ、伯言か！　ははっ、確かに常人とは異なるな」

どうやら伯言の変人ぶりは有名らしい。

(笑いごとじゃないんですけど)

可笑しそうに笑っている青年を見て、花音は半眼になる。

「ていうか、だから貴方は何しにここへ？　しがない女官《にょかん》を笑いに来たんですか？」

そうだとしたら相当なヒマ人だが、さっきからこの美青年のしていることといえば花音を笑っていることだけだ。

仕事を中断され幽鬼かもという恐怖《きょうふ》に襲《おそ》われ、おまけに笑われ、ふつふつと腹の底が煮《に》えてくる思いがする。

まだ笑い含《ふく》みの顔が、さらに笑いを深くした。

「おまえ、面白《おもしろ》いな」

「あたしは全っ然、面白くないですけど」

花音は冷たく言い放ち、薄闇《うすやみ》の蔵書室内に影を作る本の山を見てげんなりする。

本の山を見てげんなりするのは生まれて初めてだ。哀《かな》しくなって、つい夢を口にしてしまう。

「この本を、全部読む、全部読めればいいのになあ……」

「は？　全部読む？　どんだけ本好きだよ。いくらなんでもこの量全部は――」

言いかけた紅が急にハッと口をつぐんで周囲をうかがった。

「？」

「くそっ……しつこい奴らだな」

端麗《たんれい》な顔から笑《え》みが消え、鋭《するど》い表情になった。

「な、なに？　どうかし――」

「花音」

紅はふわりと受付卓子《たくし》を飛び越《こ》えると花音の前に降り立つ。涼《すず》やかな芳香《ほうこう》と間近にある端麗な顔に、花音の心臓は脳天まで跳《は》ね上がった。

「な、なんですか」

紅は懐《ふところ》から何かを取り出した。

「悪いがこれ預かってくれ。オレにとっては、命よりも大事な物なんだ」

手に押し付けられたのは、どこにでもあるような生成《きな》りの巾着《きんちゃく》。

「命よりも大事⁉　そんな貴重品、預かれませんっ。それは司書女官の仕事じゃありませんからっ」

花音はあわてて突《つ》き返そうとするが、間近に迫《せま》った紫水晶の瞳《ひとみ》は、真剣《しんけん》で。

思わず、押し付けられる勢いに負ける。

「決して中身を見るな。オレが取りにくるまで肌身《はだみ》離《はな》さず持っててくれ。いいな？」

「え⁉　あ、ちょっと！」

しかし紅は素早《すばや》く身を翻《ひるがえ》し、扉の外へ消えた。

花音は巾着をまじまじと見て、感触《かんしょく》を確かめる。何か四角くて、硬《かた》くて、薄《うす》い物。

「………………本？」

命よりも大事な物、と言っていた。本、もしくは帳面だろうか。

「なんであたしに預けていくのよ……」

途方《とほう》に暮れていると、突如《とつじょ》、外で物々しい音がした。

「こ、今度は何⁉」

花音はとっさに巾着を懐にしまった。

蔵書室の扉が大きな音をたてて開き、ずらりと並んだ人影に花音は思わず後じさる。

月明かりをにぶく照り返す、赤黒い甲冑《かっちゅう》の一団が、扉を開けた人影の背後に完璧《かんぺき》な隊列を作る。その一糸乱れぬ動きは、闇に蠢《うごめ》く百足《むかで》を連想させた。

先頭の長《おさ》らしき武官が花音に近付き、抑揚《よくよう》のない声で言った。

「終業の時刻はとっくに過ぎているはずだが」

表情のない、眼《め》だけが炯々《けいけい》と鋭い能面顔。後ろに控《ひか》える武官すべてが同じ能面顔に見えるが、この男だけは左頬《ひだりほほ》に大きな傷がある。

「すみません。上官の命で、残業を」

「そういうことは内侍省に届け出てもらわねば困る」

何かが月光に閃《ひらめ》いた次の瞬間《しゅんかん》、白刃《はくじん》が花音に突き付けられていた。

「っ……!」

「我らは後宮の秩序《ちつじょ》の番人。何人たりとも後宮の秩序を乱す者は許さぬ。届け出なくば、われら内侍省巡回《じゅんかい》武官に斬《き》られても文句は言えぬと心得よ」

震《ふる》えで声が出ず、首を縦に振《ふ》るのがやっとだった。武官長は能面めいた顔で微《かす》かに頷《うなず》いた。

「ところで我らは人を捜《さが》している。ここに、紅《あか》い紗《しゃ》上衣を御召《おめ》しになった御方《おかた》がこられたはずだが」

(紅い紗上衣……紅のことだ)

「しつこい奴らだ」と言っていたのは、きっとこの不気味な一団のことだろう。だから慌てて出ていったのだ。

見つかれば斬られてしまうかもしれない。

「……いいえ。どなたもいらしてません」

花音は、必死で震えを抑《おさ》えた。嘘《うそ》がバレないように願って。

武官長はじっと花音を探るように見る。

その刃《やいば》のような視線に耐《た》えきれない、と花音が思ったとき、外で「いたぞ」と怒号《どごう》が上がった。

「いました！　凛冬殿の方へ向かっています！」

「四季殿へ入られると厄介《やっかい》だ。行け」

ざっ、と音を立てて、赤黒い一団が一斉《いっせい》に階《きざはし》を下りていった。

「そなたは、司書か」

武官の長が肩越《かたご》しに振り返った。

自分のことを聞かれているのだとわかって、花音はあわてて頷く。

「ならば、いま一つ。『花草子』という本を見つけたら、内侍省の蠟蜂《ろうほう》に必ず届け出るように」

そう言って、武官長は扉《とびら》を閉めた。

気味の悪い虫が出たときのように、その存在がいなくなっても粘液《ねんえき》が残っているような、身体《からだ》にまとわりつく嫌《いや》な感じが消えない。

（あの武官長も『花草子』を探しているなんて）

同じ日に、同じ本を探す人が二人。

おまけにその本は『呪本《じゅほん》』だという。

「『花草子』って……一体どんな本なの？」

床《ゆか》から鍾乳石《しょうにゅうせき》のごとく本の山が積み上がる蔵書室。その闇に、花音は問いかけた。


必要な悪は存在する。光があれば影《かげ》ができる。

影であること。

それが、自分が至高の血筋に生まれた意味であり、存在意義。

母を「呪《のろ》い」で失ったとき、そう決めた。

願いはただ一つ。大切なものをこれ以上奪《うば》われないこと。

それ以外は何も望まない。望みたいとも、思わなかった。

「呪い」は、自分が回収する。

そして「呪い」をエサに狩《か》りをする。獲物《えもの》は小物だ。しかし、そこから黒幕を引きずり出せる。後顧《こうこ》の憂《うれ》いを断つことができる。

厄介なのは、自分が「呪い」を持っていることが忌《い》まわしい赤黒い蟲《むし》どもに漏《も》れたこと。

予定より早く手を打つ必要がある。少し強行突破《きょうこうとっぱ》になっても——。

そこまで考えて、青年の端麗な顔に笑みがこぼれた。

——この本を、全部読めればいいのになあ……

そう呟《つぶや》いていた少女が思い浮《う》かぶ。まるでお菓子《かし》を欲しがる小さな童《こども》のようにいとけなく、無邪気《むじゃき》で。

愛らしい、と思ったのは、あの時に失ったた子猫《ねこ》に似ているからだけでもなくて。

よく変わる表情と裏表のない発言が面白《おもしろ》かった。この後宮で自分に誰何《すいか》し、不審《ふしん》者扱《あつか》いをする者はおそらくあの少女くらいだろう。

今まで後宮や花街で会ったどの女人《にょにん》とも違《ちが》っていた。

どうやら本が大好物で、鳳伯言に負けてないあたり根性《こんじょう》があって、でもどこか無邪気で。

「華月堂の、新しい司書女官《にょかん》ということだったな」

青年は頭の中に『白花音』という名を刻む。

その怜悧《れいり》秀麗《しゅうれい》な顔が、ふんわりと笑んだ。まるで楽しい遊びを発見した幼子のように。

二日目◆お茶会からはじまる呪詛回避

ゆっくりと天幕を開けるように、眩《まぶ》しい春の朝日が華月堂《かげつどう》の中に差しこみ、室内を明るくしていく。

「う……痛っ、いたた……」

花音《かのん》は床に身体をしたたか打って目が覚めた。

ぼやける目をこすり周囲を見回す。どうやら、事務室の長椅子《ながいす》からずり落ちたようだ。

「なんであたし、華月堂に……？」

必死で頭を回転させ、昨夜の記憶《きおく》を引きずり出す。

「そうだ……ここに泊《と》まったんだった」

あの赤黒い鎧《よろい》の集団に再び遭遇《そうぐう》したら斬られるかも、という恐怖《きょうふ》から、花音は女官寮《りょう》に戻《もど》ることを諦《あきら》めたのだった。

緊張《きんちょう》と恐怖で、ほとんど寝《ね》た気がしない。

昨夜のことが夢のように思えて懐《ふところ》に手をやると、硬く四角い感触に触《ふ》れた。

「夢じゃなかった」

突然《とつぜん》現れた月神のごとき美麗《びれい》な青年宦官《かんがん》、紅《こう》。

懐にあるのは、紅が残していった巾着《きんちゃく》だ。

『悪いがこれ預かってくれ。オレにとっては、命よりも大事な物なんだ』

紅の真剣《しんけん》な表情が脳裏《のうり》によみがえる。

「決して中身を見るな、肌身《はだみ》離《はな》さず持ってろ、って言ってたけど……」

花音は巾着をじっとながめる。

命より大事な物とは、いったいどんなものなのか。

「……中身が危険な物じゃないか確認したいしね、うん」

後ろめたさを無理に鼓舞《こぶ》して、おそるおそる巾着の紐《ひも》をほどき、そうっと中を覗《のぞ》く。

「……なんだろう。花の、模様……？」

ぐううう　きゅるるるるぅぅう！

「………………とりあえず、後宮厨《くりや》で何かもらってこよう」

花音はそれ以上中を検めるのをあきらめて、巾着の紐をもう一度結び直した。

お腹《なか》が空《す》いているときは何もするべきではない――これは花音の信条だ。

忙《いそ》しそうな後宮厨の裏口でお粥《かゆ》をすすらせてもらい、ついでに形が悪くて妃嬪《ひひん》には出せないという小ぶりの花巻をお持ち帰り用にちゃっかりもらって、花音は華月堂に戻ってきた。

「新人のくせに上司より遅《おそ》い出仕とは、度胸あるじゃない」

受付で鳳伯言《ほうはくげん》が仁王《におう》立ちしていた。

空色の袍《ほう》に白のたっぷりとした上衣。

今日も司書としては無駄《むだ》に洒落《しゃれ》た格好で、もちろん薄化粧《うすげしょう》もしている。目の下を黒くした花音とは月とスッポンである。

「おはようございます鳳長官」

疲《つか》れすぎて説明する気力もない花音は、とりあえず挨拶《あいさつ》をする。

「なってないわねえ。新人は誰《だれ》よりも早く出仕して、窓を開け、卓子《たくし》を拭《ふ》き、部屋に花を飾《かざ》るものでしょう！」

最後の部分がなにかちがうような気もするが、確かに朝の掃除《そうじ》は必要かもしれない。

「すみません、鳳長官。明日《あした》からやります」

これも徽章《きしょう》のためと素直《すなお》にあやまると、伯言は端整《たんせい》な顔を崩《くず》して、おもいきりしかめた。

「あたしのことは伯言様とお呼び。ていうか、いやあね、お年頃《としごろ》のくせにクマなんか作って。顔の作りはどうしようもないけど美容は努力できるでしょう」

誰《だれ》のせいで美容に気を使う時間が無いと思ってんですか!?　という叫《さけ》びをグッと呑《の》みこ

み、徽章のため、徽章のためとキレそうな自分を抑えこみ、深呼吸をして気を取り直す。

「ご報告がありまして」

「報告ぅ？」

伯言は事務室に移り、長椅子にゆったりと腰《こし》かけた。

「きのうの夜、残って配架《はいか》作業していたんですけど」

「いいんじゃないあい、残業した方が早く終わるわよ」

（ごめんねとかたいへんだったねとか手伝おうかとかじゃないの⁉）

鳳伯言の仕事配分感覚は常人といちじるしく異なる、という自分の認識は正しかった、と思うことで花音は溜飲《りゅういん》を下げることにする。

伯言は欠伸《あくび》をし、持参した水筒《すいとう》から温かい茶を注いでゆっくり口を付けた。

「それが……『そういうことは届け出てもらわなくては困る』と言われてしまいまして」

「はあ？　誰に？」

「ええと……確か内侍省巡回《ないじしょうじゅんかい》武官、って——」

瞬間《しゅんかん》、麗《うるわ》しい上司が絶叫《ぜっきょう》した。

「なんですってぇ‼」

さっきまでの優雅《ゆうが》さはどこへやら、伯言は花音の肩《かた》をわしっとつかんで揺《ゆ》さぶる。

「暗赫《あんかく》⁉　暗赫が来たの⁉　それを先に言いなさいよ‼」

その豹変《ひょうへん》ぶりにおののき、花音はおそるおそる聞く。

「あ、あのう……暗赫ってなんですか」

「だから！　きのう来たっていうその連中よ！」

伯言は茶を一気に飲み干し息を整えた。

「なあにが『後宮の秩序《ちつじょ》を守るため』よっ。ただの陰気《いんき》臭《くさ》い鼻つまみ者集団よっ」

相当嫌《きら》っているらしい。

「……それでですね、『花草子《はなぞうし》』という本を内侍省の蠟蜂《ろうほう》という方にお持ちするように指示されたんですが」

「なぁに寝ぼけたこと言ってんのよ！　あんたと会話したその陰気《いんき》な能面男が暗赫の長《おさ》、蠟蜂よっ。奴《やつ》の言うことなんか無視よ無視！　関わったら斬《き》られるわよ！」

伯言の最後の言葉にぎょっとする。月明かりに閃《ひらめ》いた白刃《はくじん》を思い出す。

「ま、まさか……斬られるって、ここは後宮ですよ？　刀剣《とうけん》類は御法度《ごはっと》なのでは」

伯言は扇子《せんす》を大きく振《ふ》った。

「そんな正当な理屈《りくつ》は暗赫に通用しないのっ。あいつらには朝廷《ちょうてい》の大物が後ろについてんのよっ。だから後宮でも巡回時の帯刀が許されているのっ」

朝廷の大物って誰ですか、という花音の質問は伯言の大きな溜息《ためいき》にかき消された。

「ああもうっ職権濫用《らんよう》って嫌《いや》よねぇ。いつまでこんな横暴が許される世が続くのかしらっ」

伯言はぶつぶつ悪態をつきながら席を立ち、灰銀色《かいぎん》の扇《おうぎ》をひらひらさせ書架《しょか》の間を歩きまわり始めた。

「あらあ、まだこれだけしか終わってないの？」

(これだけ、って‼)

昨日の苦労を思えば、その言い草に腹が立った、が。

「きのうを入れて五日、つまり今日から三日後に華月堂は開室よ。それまでに本を全部きっちり書架に戻してね」

(……今なんつったこの上司)

「あの、開室っておっしゃいました？」

「そうよ。開室っていうのは、ここを後宮の人々に使ってもらうべく開放するってこと」

「それはわかりますけど、三日後に開室とはどういうことでしょうか」

「きのう言ったでしょ。五日で配架を終わらせてって。花祭りに間に合うように開室するからに決まってるじゃない」

当たり前だと言わんばかりの伯言だ。

(落ち着けあたし)

花音は怒《いか》りを抑《おさ》え、聞きなれない言葉について考える。花祭り？

「花祭りって、なんですか？」

「もうっ、物を知らない新人ねえっ」

伯言は鼻息荒《あら》く説明する。

「花祭りっていうのは後宮の祭典の一つ。龍昇《りゅうしょう》国に春がきたことを祝う後宮行事よ。主《しゅ》催者《さいしゃ》は後宮の主《あるじ》。つまり帝《みかど》か皇子なんだけど、今上帝は療養《りょうよう》中で離宮《りきゅう》にいらっしゃるから、今年の主催者は皇子ね。後宮各局に下賜《かし》品も多く出るし、帝や皇子の輿《こし》行列は煌《きら》びやかで、おまけに飴《あめ》や餅《もち》をまいたりするから、儀式《ぎしき》が終了《しゅうりょう》して輿行列が出るときはもうお祭り騒《さわ》ぎよ。後宮にいる人間なら下から上まで楽しみにしている行事ね」

「そうなんですか……？」

花音は怒りを忘れて目を輝《かがや》かせた。聞いているだけで楽しそうな行事ではないか。

しかし、なぜにそのために開室準備を間に合わせなくてはならないのか。

「ちなみになんで三日後かっていうと、花祭りまであと五日、ぎりぎりじゃダメだから遅くても三日後っていう計算だからよ」

そう言われても、どういう計算なのかさっぱりわからないし、花音の胸のもやもやは消えない。

「あのう……花祭りまで時間が無いにしては、なんでこんなに本が出ている状態なんですか？　虫干しですか？」

「ああ、それね。冬の間の返却《へんきゃく》本が溜《た》まっちゃってねえ。ほら、寒い時季に素手で本を触《さわ》ると手が荒《あ》れちゃうでしょ」

（はあぁああ!?）

花音は危《あや》うく声を上げるところだった。

「今、工部の知り合いに配架専用の手袋《てぶくろ》を発注しているところなの」

何を言っているんだろうこの人はと思ったところに、美しき上司はさらにトドメの一言を言い放った。

「手袋がきてからまとめて戻《もど》そうと思ったら、労働力がくるっていうから」

（労働力？　この人いま労働力って言った!?）

目を見開いた花音を見て「しまった」という顔をしつつ、鳳伯言はあらぬ方を見上げて扇をあおぐ。

「たまたま量がちょーっと多くなっちゃったけど、配架は司書の基本のキよ。新人研修の一環《いっかん》ね、うん」

取って付けたような理屈《りくつ》をのたまうと、鳳伯言はぱちんと扇を閉じた。

「そうそう花祭りといえば、今日は尚食《しょうしょく》の司膳《しぜん》部に昼餉《ひるげ》をお招きいただいているんだったわ。花祭りに献上《けんじょう》する御膳《ごぜん》の献立《こんだて》試食会だから、これも仕事の一環なのよ。てことで、配架はあんたに任せたわっ」

じゃね～と扇をひらひらさせて伯言は風のように去ってしまった。

「……いや、明らかに仕事という名のお楽しみ贅沢昼食《ぜいたく》ですよね？」

さっき職権濫用はイヤだとか言っていましたけどそれも職権濫用なのでは？　というツッコミを入れる間もないくらい素早《すばや》い逃《に》げ足である。

「ていうか……やっぱり手伝う気、ナシ⁇」

花音は口を挟《はさ》む間もなく、その優雅な後ろ姿を見送るしかない。

呆然《ぼうぜん》とつっ立ったまま、しかしだんだんと腹の底から怒りが込み上げ、ふるふると拳《こぶし》を握《にぎ》りしめた。

「あンの……鬼《おに》上司！！！」

珍本《ちんぽん》貴本いろんな本読み放題の理想郷――そんな夢は出仕二日目にしてあっけなく崩《くず》れ、花音はとある決意を胸に華月堂を出ていった。


――数刻後。

女官寮《にょかんりょう》から少ない私物と掛《か》け布団《ぶとん》を背負って出てくる花音の姿があった。

「ねえ、あの子、華月堂の」

「なあに、家出娘《いえでむすめ》みたいな格好して」

すれ違《ちが》う女官や宮女たちのささやきと失笑が聞こえる。花音は恥《は》ずかしさで顔を真っ赤《か》にしつつ、荷物を背負い直して叫《さけ》んだ。

「だって一人でやるなら泊《と》まり込まなきゃ終わらないのよ――――!!」

こうして花音は、華月堂に泊まり込む日々を覚悟《かくご》したのだった。


「お、おおお重い……!」

本満載《まんさい》の大梯子《はしご》を押しながら、花音はうめいた。

蔵書室の奥にある大梯子を配架《はいか》に使うことにしたのはいいが、なにせ重い。

油を差したので滑《なめ》らかに動くようにはなったが、本を満載しているので半端《はんぱ》ない重さだ。

「何かの罰《ばつ》か訓練みたいだわ」

ずっとこれを使い続けていたら、配架が完了《かんりょう》する頃《ころ》には筋骨隆々《りゅうりゅう》の女傑《じょけつ》になれそうだ。

そんな自分を想像して首をぶるぶる振るが、筋骨隆々になった方が村へ帰ったときに嫁《よめ》の貰《もら》い手があるかもしれない、と思い直し、がんばって目標地点まで梯子を押していく。

配架しながら、ふと昨夜のことを思い出した。

月神のごとき精悍美麗《せいかんびれい》な青年、紅。おそらく、いずれかの殿舎《でんしゃ》の宦官《かんがん》。なぜか、内侍省の巡回《じゅんかい》武官に追われていた。

「華月堂《ここ》を隠《かく》れ蓑《みの》にしたのよね、たぶん」

おまけに貴重品らしきものを押し付けられた。

よく考えると初対面でかなり無茶苦茶なことを一方的にされた気がするが、なんとなく憎《にく》めない。

「考え事？」

驚《おどろ》いて振り向くと、いつの間にか藍《らん》が花音のすぐ後ろにいた。

「藍様！　いついらしてたんですか？」

周囲の物音にも気付かないほど紅のことを考えていたことに顔が熱くなる。

「少し前にね。梯子の前で難しい顔をしていたから、声をかけそびれてしまった」

「すぐ声かけてくださいっ！」

また自分の不審《ふしん》な挙動を観察されていたのかもしれないと思うといたたまれない。

「大変そうだね。これは花音には重いだろう」

藍が梯子を握った——梯子を持った花音の手ごと。

「えっ、あのっ、だいじょうぶですから！」

超《ちょう》高官の藍は、きっと肉体労働などしたことがないだろう。筆より重い物は持ったことがないに違いない。

（あれ？　そうでもないかも……）

藍の大きな手のひらには硬《かた》いタコがいくつもあり、意外と逞《たくま》しい手だった。

そして宦官とはいえやはり男性、花音が一人で押すよりも格段に速い。

結局、一緒《いっしょ》に梯子を押してもらうことに甘んじてしまう。

「申しわけないです、藍様に肉体労働などさせてしまって」

「たいしたことじゃない」

藍は笑った。

「ところで……『花草子』は見つかった？」

頭のすぐ上で低い声がささやく。

「そのことなんですが……」

暗赫の長・蠟蜂が『花草子』を届けるように言ったことを、花音は話した。

(紅のことは言わないでおこう)

宦官の紅が巡回武官に追われていたことを、内侍省の高官である藍には言わない方がいいと思ったからだ。

「蠟蜂が、『花草子』をね」

「どうすればいいでしょうか」

花音には内侍省内の人間関係図はわからないので、率直に聞くことにする。

「『花草子』を見つけたら、藍様と蠟蜂様、どちらにお渡《わた》しすればいいですか？」

「無論、僕だ」

藍は即答《そくとう》する。

『『花草子』は見つけたら必ず僕に渡してほしい。決して、他の誰《だれ》にも渡さないように。約束してくれ」

「わかりました」

花音は頷《うなず》いたが、なぜ、とも思う。

内侍省の超高官や巡回武官長が『呪本《じゅほん》』を必死に探しているということは、取り締《し》まりか何かだろうか？　それならば、藍が誰にも渡すなと言うのは何故《なぜ》だろう。

『花草子』とはどんな本なのか。聞きたい気持ちがむくむくと頭をもたげる。

多くの場合、疑問の答えは本がくれるが、この場合は本が謎《なぞ》に包まれているため、藍に聞くしかない。

「藍様、『花草子』というのは、どんな本なのですか？」

藍が振《ふ》り向く。覆面《ふくめん》をしているので表情はわからないが、藍のまとう空気が緊張《きんちょう》したように感じる。

「君が知る必要はない」

口調は丁寧《ていねい》だが、そこには突《つ》き放すような響《ひび》きがあった。

「も、申し訳ございません、出過ぎたことをお聞きしました」

花音はあわてて頭を下げる。

「いや……いいんだ、気になるのは当然だと思う」

藍もあわてて言った。

「すまない。探してもらうだけでも心苦しいと思っているんだ。でも、僕には時間と人手が足りなくてね」

藍は本当に申し訳なさそうだ。なにか話せない事情があるのだろう。

「わかりました」

花音は明るく言った。

『『花草子』がどんな本であれ、本は本です。司書女官として全力でお探ししますから、安心しておまかせください」

そして、大量の本と格闘《かくとう》するかのように配架にいそしむ。

花音がてきぱきと立ち働く姿を見て、覆面の下で藍がそっと微笑《ほほえ》んだことは、花音の知らないことだ。


「なんか、変だわ」

蔵書室内の南側の壁《かべ》は、ほとんどが壁書架《しょか》になっている。

壁書架の上部は高窓になっていて、彩光と収納ができる合理的な造りなのだが。

「ここにもう一連、書架が入るじゃない」

壁には、書架がもう一連すっぽり入るほどの空きがある。その前には同じ幅で腰《こし》ほどの高さの飾《かざ》り棚《だな》が置いてあった。優美な四本脚《あし》の、牡《ぼ》丹《たん》の見事な意《い》匠《しょう》も美しい瀟《しょう》洒《しゃ》な飾り棚だが、どうも華月堂の雰《ふん》囲《い》気《き》にそぐわない。この飾り棚を撤《てっ》去《きょ》してこの壁も書架にすれば、もっとたくさんの本が収納できるのに。

「それに、どうしてこんなにこの書架だけ奥行きが浅いのかしら」

奇妙なことに、壁の隣《となり》の壁書架一連だけ、他の書架よりかなり奥行きが浅い。花音がこの書架に収めるべく抱《かか》えてきた本もすべて、奥行きの浅い経《きょう》典《てん》や教本ばかりだ。

「華月堂は後宮の蔵書楼《ろう》だし、仕方ないのかしらね……」

随《ずい》所《しょ》に点在する装《そう》飾《しょく》性の高い棚、そこに置かれた壺《つぼ》や観賞用の石。それらは華《はな》やかな後宮らしい品々だが、華月堂の素《そ》朴《ぼく》な造りや雰囲気に溶《と》けこんでいるとは言いがたい。後々までこの違《い》和《わ》感《かん》は尾《お》を引き、やがてとんでもない発見へとつながる。

蔵書室内に差しこむ光の位置が高くなり、正午が近付いた頃、本の山は目に見えて減っていた。

「本当にありがとうございます！　これも藍様のおかげです！」

花音は心から言った。本当に、藍が手伝ってくれたおかげでどれほど助かったことか。

「いいんだよ。探し物のついでに配架をしているんだから」

笑う藍に、花音はしょんぼり頭を下げた。

「でも……ごめんなさい、『花草子』、見つからなくて」

そんな花音の頭に、大きな手のひらがふわっと載《の》った。

「花音は何も悪くないよ。本の山はまだまだあるし」

確かにだいぶ片付いたとはいえ、蔵書室内の本は半分近くがまだ出ている。

「今日の午後は、他局のお手伝いに行くので」

「そうか。じゃあ、また明日《あした》来るよ」

藍は扉《とびら》を開けようとしたが、「あの、藍様」と花音が声を掛《か》けたので手を止める。

「どうしたの？」

「あ、いえ、その……」

『花草子』同様、気になったことがある。

また「必要ない」と言われてしまうかもしれないが、花音は勇気を出して言った。

「お願いがあるんです」

「お願い？」

藍は覆面の顔をかしげた。

「配架《はいか》を手伝っていただいているお礼に、明日から指圧をさせてくださいませんか？」

覆面の下、藍の目が点になっていることが想像できる沈黙《ちんもく》が流れる。

「……指圧？」

「はい。藍様、すごく肩凝《かたこ》ってますよね？」

わずかに藍が動揺《どうよう》したのがわかった。

「どうして、それを」

「さっき、梯子《はしご》を押しているとき、手が冷たいなって思ったんです。それと、手の特定の場所に硬《かた》いタコがありますよね。習慣的に重いものを扱《あつか》っているなって……たぶん、剣《けん》のお稽古《けいこ》だと思うんですが。剣を振《ふ》るうのってけっこう肩が凝るものだって父が言っていました。それに、きっと藍様のような高官になると、本や書類もたくさん目を通しますよね。医書によると、目の酷使《こくし》も、肩凝りの大きな原因の一つなんです」

「驚《おどろ》いたな」

藍は感心したように言った。

「花音の言う通り、僕はけっこうな肩凝りでね。定期的に鍼灸《しんきゅう》師を呼んでいるのだが、このところ忙《いそが》しくて鍼《はり》を打ってもらってないんだ。肩をほぐしてもらえるのはありがたい」

あっさり快諾《かいだく》されて、花音は気が抜《ぬ》けた。身分の高い人物の身体《からだ》に触《ふ》れるのは、不敬に当たるのだが。

「気遣《きづか》ってくれてありがとう。指圧、楽しみにしているよ」

藍が花音の小指に、自身の小指を絡《から》ませた。その気さくな優《やさ》しさに花音はうれしくなった。

「はいっ、お約束します。あたし、指圧上手なんですよ！」


四季殿《しきでん》の周囲には、磨《みが》かれた白玉石を敷《し》いた道ができている。

そこに桜の花びらが舞《ま》い散る景色は、とても美しく春めいている。

その幻想《げんそう》的な景色の中を、花音と陽玉《ようぎょく》は、汗《あせ》をかきかき歩いていた。飲茶《ヤムチャ》台車を懸命《けんめい》に押して。

「もうっ、いつもながらなんだってこんなに重いのよっ、この台車っ。お妃様《きさき》なんて小鳥みたいにちょーっとしか召《め》し上がらないのにっ。無駄《むだ》よ無駄っ」

陽玉は隣《となり》でずっと悪態をついている。

四季殿の四貴妃《きひ》は、この後宮の頂点に君臨する人物たちだ。他《ほか》に妃嬪《ひひん》がいない今の後宮であっても、それは変わらない。

よって、飲茶台車には何種類もの点心と美しい茶器・器《うつわ》が満載《まんさい》だ。

どれか一つでも落とそうものなら、花音と陽玉の年季の給金全額が飛ぶか、首が飛ぶ。

「あっ、そうそう、こないだ清秋殿《せいしゅうでん》と爽夏殿《そうか》の仲が悪いって話してくれたよね」

気をまぎらわせるために何か話そうと思い、花音はあわてて話を振った。

すると「ああ、その話ね」と陽玉も乗ってきて、さっそく後宮裏話を始めてくれる。

「今の後宮は楊秋妃《ようしゅうひ》が牛耳《ぎゅうじ》っているの」

牛耳る、という言葉から察するに、楊秋妃はあまり良く思われていないのだろう。

「皇太子がまだ決まってないから形の上では後宮の主《あるじ》は今上帝であらせられる。でも、帝《みかど》は今の妃嬪は皇太子や皇子の妃嬪だっておっしゃっているらしいのよ。だけど皇子がたは御渡《おわた》りにならない。もちろん皇族の礼儀《れいぎ》として宴《うたげ》を開いたり、ちょっと足をお運びになることはあるらしいけど、その……夜の御通いが無い、って意味よ」

陽玉は顔を真っ赤《か》にして言った。

「だからほら、御寵愛《ごちょうあい》の度合いとか、御子《みこ》がいるとか、そういうのがないと……結局入内《じゅだい》した順番が後宮内の序列、みたいな空気になるらしくてね。一番乗りで入内した秋妃と清秋殿の女官長が大きな顔をしていて、二番目に入内してきた夏妃《かひ》は……というか爽夏殿の女官長はそれが気に入らないってわけ」

「なるほどね」

花音が読んだ後宮物語でも、妃同士の争いは、時に仕える女官同士の争いでもあった。

「秋妃の父君は中書令、夏妃の父君は禁軍大将軍って言ったっけ」

「うん、そうだよ」

「後ろ盾《だて》の差はほとんど無し、か。大物政治家の姫《ひめ》ばかりだね」

ということは、姫たちのもとには金子《きんす》に糸目をつけずに珍本《ちんぽん》貴本が集められているに違《ちが》いない。

今から行く清秋殿で、そのほんの一部でも拝むことはできないだろうか、と花音は妄想《もうそう》する。

「そうなのよ、親同士大物で、こっちも仲が悪いらしくてね。知識人の楊中書令と根っから軍人の宋《そう》大将軍は水と油、相容《い》れないらしいわ。

だから、っていうか、まあ姫同士も水と油みたいでね。おっとりした夏妃と神経質な秋妃。年齢《ねんれい》もだいぶ秋妃の方が上だから、どっちかっていうと秋妃の妬《ねた》みとかひがみが強いんじゃないかな」

花音は初日に遭遇《そうぐう》した女官《にょかん》を思い出す。冷たく、とげとげしていた。殿舎《でんしゃ》の雰囲気《ふんいき》は主である妃嬪を表すというが、女官があれなら秋妃の人柄《ひとがら》も推《お》して知るべしだ。

（英琳《えいりん》さんは良い人だったけど……）

何にでも例外はある、ということで納得《なっとく》しておく。

汗を拭《ふ》くために顔を上げると、四季殿の瑠璃瓦《るりがわら》が見えてきた。

「もうすぐ着くね。あたしたちに何か会話が振《ふ》られることはないと思うけど、粗相《そそう》をしないための予備知識として言っておくわ。今から行く清秋殿は、青の皇子派だから」

「……皇子に色が？」

花音が首を傾《かし》げると、陽玉は呆《あき》れたように笑った。

「もう、花音ってば何も知らないのねえ。青の皇子、っていうのは第一皇子の通称《つうしょう》よ。ちなみに第二皇子は赤の皇子。お名前にちなんで青と赤らしいけれど」

皇族の名を直接呼ぶことは不敬にあたるので、下々の者はその名を知ることすらほとんどない。通常は字《あざな》や御座所《ござしょ》の宮殿《きゅうでん》の名など、他の呼び方を使う。

皇子が二人いるのかと尋《たず》ねると、陽玉は丸い目をさらに丸くした。

「なに花音、知らないの⁉　皇子殿下《でんか》は双子《ふたご》でいらっしゃるのよ！」

知らない、と花音が答えると、そりゃあお美しい方々なのよと陽玉はうっとりする。

「御《おん》年十七になられるお二人は、兄宮様は青の皇子、弟宮様は赤の皇子よ。あたしは去年の花祭りの輿《こし》行列で御姿を垣間《かいま》見ただけだけど……遠くからみてもそりゃあ輝《かがや》くばかりに美しかったわよ」

その時の光景を思い出してか、陽玉はひとり盛り上がっている。

（御年十七かあ、同じ年頃《としごろ》だなあ、皇子ともなると国宝級の古文書とか史書なんかも読み放題なんだろうなあ。貴妃よりも本の質と階級がぐっと上がるわ……羨《うらや》ましい……）

端《はた》から見れば飲茶台車を押す二人の夢見る少女だが、その夢見る内容はだいぶ違っている。

　通りに見事な桜の枝が張り出していて、それを橙《だいだい》色の襦裙《じゅくん》を着た女官たちが切ろうとしていた。それを見て、花音はハッとする。橙色は清秋殿の御殿《ごてん》色だ。ここはもう、清秋殿の周辺だった。

　花音はまだ夢想の中にいる陽玉を現実に引き戻《もど》した。

「ねえ、その青とか赤の皇子が清秋殿や爽夏殿とどんな関係があるの？」

　陽玉も清秋殿に着いたことに気付いたようだ。

「ああ、ごめんね。話が脱線《だっせん》したけど、つまりね、どちらの皇子が立太子——つまり次の帝になられるか、その一の貴妃となるのはいずれの貴妃かで目下のところ爽夏殿と清秋殿がいがみ合ってる、ってわけ。清秋殿は青の皇子派、爽夏殿は赤の皇子派って言われているわ。

　立太子がまだなんだからいがみ合うも何もないんだけどさ。両者の完全な空回りであたしたち下々にまでとばっちりがあるんだから、嫌《いや》になっちゃう」

　ああ、と花音は合点《がてん》がいった。

　つまり、貴妃も巻きこんだお世継《よつ》ぎ騒動《そうどう》というわけか。

清秋殿は芍薬《しゃくやく》や牡丹《ぼたん》のような、大輪の美しい花の木がこれでもかと生えている殿舎だった。また、その木々の隙間《すきま》を埋《う》めるように大菊《ぎく》が植えられている。

その季節になれば、咲《さ》き乱れる花はさぞ圧巻だろう。

そして、主《あるじ》の秋妃その人も、大輪の花のような堂々たる妖艶《ようえん》な美女だった。

室の奥、設《しつら》えられた紫檀《したん》の大卓子《たくし》に座る姿が見えただけだが、匂《にお》い立つような色気はこちらまで伝わってくる。

優雅《ゆうが》に籐椅子《とういす》に座り、女官たちのかいがいしい世話に鷹揚《おうよう》に応《こた》える様子は後宮を牛耳っているという言葉にふさわしい。

「美人だね」

花音がささやくと、陽玉は飲茶台車を固定させつつ顔をしかめた。

「まあ、貴妃に上がるくらいだから、美人なのは認めるけどさ。蝶《ちょう》というより、蛾《が》って感じよね。毒がありそうな」

飲茶台車を固定させて傍《そば》に控《ひか》えていると、濃《こい》橙の襦裙を着た中年女性がやってきた。

(この人は!)

痩《や》せた、険しい顔。間違いない。初日に、花音とぶつかって嫌味《いやみ》を言った女官だ。

陽玉が拱手《きょうしゅ》しているので、花音も倣《なら》う。

「四季殿のお茶会だというのに、二人しか寄越《よこ》さぬのか。まったく尚食の差配はどうなっているのやら」

「お言葉ですが」

陽玉が拱手したままの姿勢でキッと目線だけ上げた。

「御存《ごぞん》じかと思いますが、この時期はどこの局も花祭りの準備で忙《いそが》しいのです。尚食局も、例外ではございません。またこちらには、熟練の素晴《すば》らしいお傍付きの方々が数多くいらっしゃるので、尚食局からの粗野《そや》な者を多く送りこまないほうがいい、という尚食のお気遣《きづか》いでもあります」

女官は、陽玉を一瞥《いちべつ》して鼻で笑った。

「ま、確かにそれも一理あるな。そなたらのようないかにも庶民《しょみん》出の者たちに粗相をされても困るからな」

しばらくここで待て、と言い置いて女官は行ってしまった。主が後宮の頂点にいるともなると、下っ端《ぱ》の者に対してこうもぞんざいになるのかと首を傾げたくなるほどに嫌味な態度だ。

「……いつ会っても嫌なオバサン」

陽玉は清秋殿の女官の背中に舌を出している。

「あの人は？」

「清秋殿の女官長だよ。ほんとに嫌な奴《やつ》なんだから」

あの女官は、清秋殿の長《おさ》だったらしい。

「貴妃《きひ》たちはどうせ小鳥みたいにしか食べないから、給仕なんていってもたいしてすることないのよ。本当なら、貴妃たちのお傍付き女官で事足りるのに、蒸篭《せいろう》が熱いだの急須《きゅうす》が重いだのって、尚食女官をコキ使うのよ。花祭り前でただでさえ忙しいのに、嫌になっちゃうわ」

ふかふかの絹張の椅子に腰《こし》かけて、陽玉は不満をもらした。

花音も絹張の椅子に座った。給仕のときだけ立てばいいなら楽な仕事だが、何か物足りない。

「これで本があればなあ……」

花音が呟《つぶや》くと、陽玉は感心したように花音を見た。

「さすが司書女官だね。普段《ふだん》から仕事中も本読み放題でしょうに」

垂涎《すいぜん》ものの本の山を前に一頁も本を読んでいない現状を思い、花音は顔が引きつる。

「ぜんぜん。ぜんぜんまったく本読めないよ」

「へ？　なんで？」

花音は自分の置かれている状況《じょうきょう》を説明する。陽玉がみるみる申し訳なさそうな表情になった。

「そ、そっか……ごめん。わたし、司書って本読み放題なのかなって羨ましかったんだ。ほら、役得じゃん。わたしたちが妃嬪《ひひん》の御膳《ごぜん》の味見ができるのと同じでさ」

花音は遠い目になった。そんな風に理想郷を実現させたい、と思っていた頃《ころ》が懐《なつ》かしい。

「あたしもそう思ってたんだけどね……ところで、羨ましいって、陽玉も本が好きなの？」

「まあね。あたしこれでも小学《がっこう》には行ったから、読み書きはできるんだ。小学の手習本《てならいぼん》の物語も好きだったし。もっと本を読みたいっていつも思ってる」

「ほんと？」

花音はうれしくなってつい陽玉の手を取った。

「あたしも本が大好きなんだ！」

村では、小さい頃から花音は変人扱《あつか》いだった。本が好きだと言うと遠巻きにされ、一緒《いっしょ》に遊んでくれる子もいなくなった。花音は一人で本を読んでいたかったのでそれでもよかったのだが、時折ふと、寂《さび》しさを感じることもあった。

こうして面と向かって「本が好き」と言える同じ年頃の女の子がいることに、花音は飛び上がりたくなるような、胸が弾《はず》むような心地《ここち》になる。

照れたように陽玉はぺろっと舌を出した。

「好きってほど読んだことないんだけどね。故郷では実家の大食堂の手伝いに針仕事、弟妹の世話や家事に追われていたから、本読む時間なんてなかったし。後宮にきたら少しは読めるかなって期待してたんだ。ほら、華月堂もあるしさ。だけど実際、華月堂は近寄りがたいし、そもそも忙しくて本を借りに行く時間もなくて」

陽玉はちょっと寂しそうに微笑《ほほえ》む。

花音が堪能《たんのう》した美味《おい》しい包子《パオズ》は、陽玉が読書の時間もないほどに働いて作ってくれたものだと思うと、胸がきゅっと痛んだ。

「……あたし、陽玉に本を配達するよ」

思わず言っていた。

陽玉はくるりとした目をさらに丸くする。

「え？　あんた、あたしに本を持ってきてくれるの？」

「うん。火加減とか鍋《なべ》の様子みながら本読めるでしょ？」

実際、花音も故郷でそうしていた。それでよく鍋を焦《こ》がして父に怒《おこ》られていたのだが。

「尚食女官《にょかん》の陽玉なら、読書しながらでも鍋は焦がさないよね」

花音が言うと、陽玉の顔が嬉《うれ》しそうにほころんだ。

四季殿のお茶会が始まった。

大きな円卓《えんたく》に、御殿《ごてん》色の衣裳《いしょう》を着た貴妃たちが着席する様子は圧巻だ。

濃桃色《こいもも》の春妃《しゅんひ》、濃空色《こいそら》の夏妃、濃橙色の秋妃、濃紫《こいむらさき》色の冬妃《とうひ》。さすがに貴妃として上がるだけあって、それぞれに美しい。

衣裳の様式は襦裙《じゅくん》にゆったりとした優美な紗《しゃ》上衣と四貴妃ともに同じだが、御殿色と装《そう》飾《しょく》品が彼女たちそれぞれの個性を引き出している。

「皆《みな》さま、今日は我が清秋殿まで足をお運びくださって、うれしいですわ。美味しいお茶と点心をいただいて、話に花を咲かせましょう」

口火を切ったのは、もちろん秋妃だ。この場を仕切っているという自負がみなぎった微笑みは妖艶《ようえん》で、しかしその目は笑っていない。

「このような素敵《すてき》なお茶会にお招きいただき、うれしく思います」

それを受けたのは冬妃だ。そつなく、にこやかに秋妃に会釈《えしゃく》する。

「あの、わたくしもうれしいですわ。お隣《となり》とはいっても、殿舎《でんしゃ》同士は離《はな》れているから、なかなかお会いする機会もないですし」

おどおどと周囲を見ながら言ったのは、春妃だ。少しふっくらした春妃は、はにかんだような微笑みが温かな人柄《ひとがら》を想像させる。

「夏妃様も皆さまにお会いできるのを、それは楽しみにしていらしたのですよ。夏妃様はお恥《は》ずかしいと緊張《きんちょう》してお話ができないのでございます。皆さま、どうぞ妹と思《おぼ》し召《め》して、お話をお聞かせになってくださいませ」

代弁する爽夏殿の女官長の横に座る、人形のような美少女が夏妃。陽玉がこそっと「御《お》年十四ですって」と言ったので、花音はぎょっとした。十四歳。自分より二つも年下で、もうお嫁《よめ》にきたのか。

嫁入りから逃《に》げてきたも同然の花音としては後ろめたさを感じる。その後ろめたさを隠《かく》すように、飲茶《ヤムチャ》台車から満載《まんさい》してきた品を丁寧《ていねい》に給仕した。

しかし給仕と言っても、陽玉の言った通り、やることはほとんどなかった。

貴妃たちは卓子《たくし》に所狭《ところせま》しと並べられた点心には手を付けないし、隣に座る年下の夏妃を気《き》遣《づか》ってか、冬妃は夏妃の茶器にお茶を注ぎ、春妃は甜食《てんしょく》を夏妃に勧《すす》める。花音と陽玉の出番はない。

茶器が投げつけられることもあると陽玉が言っていたのでどんな修羅場《しゅらば》かと思ったら、秋妃の貼《は》りつけたような笑みと驕慢《きょうまん》な態度が気になる以外は、会話は少ないものの穏《おだ》やかにお茶会は進行した。

今日の茶会は、露台《ろだい》で春の陽射《ひざ》しを楽しむ趣向《しゅこう》だという。

小鳥がさえずる麗《うら》らかな春の午後であるが、まだ風は冷たさを含《ふく》んでいる。足元に火鉢《ひばち》を置いている貴妃たちはともかく、露台の隅《すみ》で立っている陽玉や花音は冷えた。

花音は我慢《がまん》しきれず、頃合《ころあ》いを見計らって厠《かわや》へ立った。

「あれ？　おかしいな……」

花音はあせっていた。

回廊《かいろう》ですれ違《ちが》う女官や宮女に聞いてやっと厠にたどりつき、用が終わったはいいが、元の場所への戻《もど》り方がわからなくなってしまった。

「広いっていうのも困りものね」

花音はぼやきつつ、記憶《きおく》を必死でたどり、それらしい豪奢《ごうしゃ》な外見の場所を目指す。

「確か……回廊のすぐ外の庭院《にわ》に牡丹《ぼたん》の木が綺麗《きれい》に植わってて……って、ここもそうだし！」

どこも同じように美しく整えられていて、庭院には牡丹や芍薬《しゃくやく》が植えられていて。同じ場所をぐるぐる回っているような錯覚《さっかく》に陥《おちい》る。どうしたことか、人影《ひとかげ》がほとんどない場所にきてしまったようで、道を尋《たず》ねようもない。

ほとほと困っていると、人気のない回廊に、一か所、扉《とびら》が開いている部屋がある。

（人がいるかも）

花音は全力で扉に走り寄って、中を覗《のぞ》いた。

広い部屋だ。奥に紗の帳《とばり》が降りていて、手前には見事な螺鈿《らでん》細工の卓子と椅子《いす》、揃《そろ》いの飾《かざ》り棚《だな》や行李《こうり》が見える。一目で貴妃《きひ》が使う部屋だとわかるが、今の花音にそこまで気にしている余裕《よゆう》はなかった。

花氈《かせん》の敷《し》かれた部屋の隅で何か作業をしている人影を見つけ、助かった、と思う。

「すみません」

声を掛《か》けたのと人影が振《ふ》り向いたのはほぼ同時だった。

「「あっ」」

互《たが》いに目を丸くする。

刹那《せつな》、麗貌《れいぼう》が笑んで人差し指を口元にあてた。

静かに、という意味だろう。

花音は周囲をうかがってからそっと、人影に近付いた。

「……紅さん？　ですよね？　何やってるんですか」

柳《やなぎ》色の袍《ほう》に黒い幞頭《ぼくとう》、後宮でよくみかける宦官《かんがん》の格好をした紅は、花氈の端《はし》をめくって床板《ゆかいた》を剝《は》がしていた。

「オレは怪《あや》しい者じゃない。ちょっと探し物をしているだけだ」

「……なに言ってるんですか。じゅうぶん怪しいですよ。普通《ふつう》、探し物するのに床板とか剝がしませんから」

胡乱《うろん》な目つきで見ると、紅は首を振った。

「だって本当に隠したいものは、天井《てんじょう》か床下《ゆかした》に隠すだろ？」

「え？　ええ、まあ」

「だからだよ。——ほら、あった」

床下をのぞきこんでいた紅は、手のひらに収まるくらいの木板を拾い上げた。

それを見た花音は、ぎょっとして思わず声を上げそうになる。

「な、なんていう物を拾ってんですかっ」

今度は紅が目を丸くする。

「おまえ、これ読めるの？」

木板には文様のような字が書いてある。

それは今では学者しか使うことのない龍昇国古語だ。

「昔から古文書も好きでよく読んだから、だいたいは」

「さすが司書女官だな」

紅は感心したように言った。

「何て書いてある？」

花音は木札を見て、ごくりと唾《つば》をのんだ。あまり口に出したくない内容なのだが。

「『楊家の僕《しもべ》、宋家より来たりし娘《むすめ》を呪《のろ》わんがため、人形《ひとがた》に念を籠《こ》めここより北東の寝所《しんじょ》に置けり』、って」

「本当にそう書いてあるのか？」

花音が頷《うなず》くと、紅は口の端《は》を上げた。

うれしそうに五芒星《ごぼうせい》の印の入った小さな袋《ふくろ》に木板を入れたので、花音は慌《あわ》てた。

「ちょっと待って！　それ、典型的な呪詛《じゅそ》の文言よ。呪者《じゅしゃ》側が呪いを発動するために手元に置く木札よ」

焦《あせ》る花音をよそに、紅はますます感心する。

「すごいな。そんなことまで知っているのか」

「古文書には呪術《じゅじゅつ》の書が多いから。一通りのことは知ってます」

紅はうなった。

「ただの司書女官《にょかん》じゃないな、おまえ。古語も読めるし、かなり使える。どうだ、東宮《とうぐう》蔵書楼《ろう》の司書女官にならないか？」

なぜ今東宮蔵書楼の話が、と思うが、目下のツッコミどころはそこじゃない。

「そんなことより！　その木札を拾ったってことは、呪い先に仕込まれた人形も回収しないといけないってわかってる？　そうしないと貴方《あなた》に呪いが跳《は》ね返っちゃうのよ？」

「もちろんわかってる。ま、おまえも同じ立場だけどな」

花音はのけぞる。

「あ、あたしは関係ないわよ！」

「この木札を見てしまった時点でおまえもオレと同じ立場だ。本当は知ってるんだろ？」

その通りだ。

しかし認めたくない。花音は頭を抱《かか》えた。

「なんていう物を見せてくれたのよ……」

「いやあ、おまえってこの前といい、絶妙《ぜつみょう》なところにいるんだよな。とても助かる」

「……あたしは最悪だしかなり迷惑《めいわく》だけど」

ジト目で睨《にら》むと、紅はニッと笑った。

「てことで、今夜戌《いぬ》の刻、爽夏殿にこい」

「なんであたしが！」

「呪い、かかったままでいいのか？」

「～～～!!」

確かに己《おのれ》に呪いがかかったまま放置するわけにはいかない。

事故か天災だと思うしかなかった。

「……ていうか貴方は宦官だから四季殿に出入り自由かもしれないけど、普通は四季殿なんて御召《おめ》しがなかったら入れないの。わかる？」

「中に来いとは言ってない。爽夏殿の外垣《がき》に大きな梛《なぎ》の木がある。そこを目指せ」

「大きな梛の木……」

清秋殿にも梛の木がある。梛の木の葉は御守《おまも》りになるため、守護樹として人気が高く、花音の故郷にも梛の木は多くあった。

何かあったら花を結んでくださいね、と言っていた英琳の微笑《ほほえ》みが浮《う》かぶ。

今、猛烈《もうれつ》に花を結びたい気分だ。

「わかったわよ」

花音は渋々《しぶしぶ》頷《うなず》いた。

「よし決まりだな。まあその代わりといっちゃあなんだが、目的地まで送ってやるよ。清秋殿で何してるか知らんが、その様子じゃ、おおかた厠にでも行って迷ったんだろ？」

「～～～～っ!!」

まったくその通りなので悔《くや》しくとも言い返せず、花音は仏頂面《づら》で紅の後ろについて行った。

「で？　何してんだ、ここで」

紅が肩越《かたご》しに聞いてくる。

「尚食局のお手伝いで来てるの。お茶会の手伝いよ」

「ああ、そういえば四季殿の茶会が清秋殿で催《もよお》されるって聞いたな」

(この人、清秋殿付きの宦官なのかな)

この見目麗《うるわ》しさなら四季殿付きの宦官なのは納得《なっとく》だし、この清秋殿の中のことも妙《みょう》に詳《くわ》しい。回廊《かいろう》を淀《よど》みなく進んでいく。

「茶会だったら、金風《きんぷう》の間かな」

そう言って紅が向かったのは、花音が思いもしない方角だった。

呪詛は災難だが、紅に会えなかったらお茶会に戻《もど》れず、違《ちが》う意味で災難に陥《おちい》っていたかもしれない。

（かと言って呪詛がふりかかってよかったーとは思えないわよ……）

凹《へこ》んだ気持ちで足元を見ていると、広い背中にぶつかった。

ふわ、と芳香《ほうこう》が立ち上る。どきりとした刹那《せつな》、紅に手をつかまれ、一緒《いっしょ》に柱の影《かげ》に隠《かく》れた。

次の瞬間《しゅんかん》、どこからか上がった大きな音に心臓が止まりそうになる。

金切り声と陶器《とうき》の割れる音が、回廊の奥から響《ひび》いてきた。

「な、なに!? なにごと!?」

「しっ、あわてるな。いつものことだ」

紅は慣れているのかそのまま静かに周囲をうかがいつつ、回廊を進んでいく。

仕方なく花音も足早に続くと、規則的に曲がって続く豪華《ごうか》絢爛《けんらん》な回廊の先に、人がうずくまっているのが見えた。

服装からしてお傍《そば》付きの女官だろう。橙《だいだい》の襦裙《じゅくん》に、きらりと光る簪《かんざし》が見えた。

それを見て、花音はハッとする。

（あれは……英琳さん！）

英琳は飛んでくる調度品から身を守るように頭を丸めてじっと震《ふる》えている。金切り声は回廊の内側の室からだ。ここからでは姿は見えないが、おそらく声の主《ぬし》は秋妃だろう。

再び怒《ど》鳴《な》り声がして何かが飛んできた。

英琳に当たった鏡が割れ、ぞっとするような音が響く。

「英琳さ――」

思わず声を上げかけた花音を、紅が制した。

「知り合いか？」

「う、うん……」

「あれが知り合いなら、なおさら今は見つかるわけにいかない。あの女官に累《るい》が及《およ》ぶぞ」

その通りだが、このまま見過ごすのも心が痛んだ。

紅は何か考えているように目を細めた。

「少しだけ助けることならできるかもしれない。――来い」

「え？　あ、ちょっと！」

紅は回廊を右に折れて進む。声と音がしだいに大きくなる。

そこには、回廊に面して重厚そうな扉《とびら》が三つ並んでいた。

紅はそのうち、見事な銀杏紋《いちょうもん》が意匠《いしょう》された扉を開け、中に素《す》早《ばや》く入った。

広い室で、奥にうすい帳《とばり》の下りた大きな寝台《しんだい》が見える。

甘ったるい匂《にお》いの香《こう》がこれでもかと焚《た》かれていて、花音はむせるのをこらえるのに必死だった。きつい匂いで、めまいがしそうだ。

「手拭《てぬぐい》で口と鼻をふさげ」と紅に言われ、紅の真似《まね》をすると少し楽になった。

紅は素早い動きで室の奥へ行くと、見事な螺鈿《らでん》細工の衝立《ついたて》の向こうへ入った。そこには小さな扉があって、話し声が聞こえてくる。隣室《りんしつ》とをつなぐ内扉のようだ。

紅は内扉に耳を付け、花音に手招きする。仕方なく、花音も紅に倣《なら》って内扉に耳を付けた。

『……なんじゃっ、あの者たち、妾《わらわ》を愚弄《ぐろう》しおって！　茶会の主役は妾ぞ。なぜ冬妃も春妃も夏妃の世話を焼いておるのじゃっ』

甲高《かんだか》い、苛立《いらだ》たしそうな声がする。さきほどの金切り声、秋妃の声だ。

「おまえはここで、あちら側から扉が開かないか見張れ。オレはついでに探し物がある」

「そんな……ちょっとっ」

止める間もなく紅は衝立の向こうへ行き、行李《こうり》を開けたり飾《かざ》り棚《だな》や寝台の裏を物色し始めた。

「また呪詛《じゅそ》の木札とか探してるんじゃないでしょうね……」

紅は手拭で口や鼻を押さえつつ、香炉《こうろ》の中を真剣《しんけん》に覗《のぞ》いている。

花音は仕方なく、内扉の傍に立った。そうすると嫌《いや》でも会話が耳に入る。

『夏妃はいとけないゆえ、世話が必要なのでしょう。童《こども》の世話と同じです。美蘭《みらん》様をないがしろにしているわけではございませぬよ』

懸命《けんめい》になだめているのは清秋殿の女官長《にょかん》だろう。

『後宮の主《あるじ》は真っ先に入内《じゅだい》した妾じゃっ。花祭りを待たずとも、目障《ざわ》りな童などはよう消してしまえっ。例のものはどうなっておるのじゃっ』

『落ち着かれませ、美蘭様。おそれながら、例の呪本《じゅほん》に関しては、蠟蜂殿《どの》がもう少しで入手可能と申しております』

『まことか』

『入手できしだい、準備をいたしましょう。花祭りには間に合うかと』

『噂《うわさ》通りなのであろうな？　証拠《しょうこ》は残らぬであろうな？』

『ご安心を。適役な者にやらせますゆえ』

『ふむ……英琳か』

『ええ、もちろん英琳が適役でしょう』

毒を含《ふく》んだ高笑いが二つ、隣室に響く。

『む、無理です、わたくしは、そのような――』

か細い声が必死に言うが、清秋殿の女官長の怒声《どせい》にかき消された。

『黙《だま》れ英琳。卑《いや》しい試挙組《しきょ》のおまえを、秋妃様のお傍付きにしてやった恩を忘れたか！　そなたに逆らう権利など無い！』

もみ合うような衣擦《きぬず》れの音。ひっ、と息を呑《の》んだのは英琳だろう。

（ひどい……！）

花音が怒《いか》りにカッとなったとき、背後でくぐもった声がした。

「お取込み中すみません。お部屋の清掃《せいそう》にきた者ですが、茶会の席に残っている女官たちから、お早くお戻りになるようにと伝言を承《うけたまわ》っております」

手拭を口に当てて、紅が扉に向かって大声で言った。

清秋殿の女官長が舌打ちをする。どさ、と何かが床《ゆか》に落ちる音がした。

『そなたは茶会に戻り、秋妃がもうすぐ戻る先触《さきぶ》れをせよ。行け』

あわただしく衣擦れの音が遠ざかっていく。英琳が立ち去ったのだろう。

『……万が一、刑部《けいぶ》の取調が入った場合も、すべての罪を英琳に被《かぶ》せ切り捨てることができます。そもそも「花草子」は手に入れば、どんな暗殺でも証拠を残さず、法の網《あみ》にもかからないと言われる真《まこと》の呪本』

『はよう手に入れよ。あの爽夏殿の小娘《こむすめ》が悶《もだ》え苦しむ様子を見たいものじゃ』

『ええ、ええ、そうですとも。美蘭様が龍母《りゅうぼ》となられるのに、あの生意気な夏妃は必要ないのです。そして、美蘭様の夫君となられる御方《おんかた》も、お一人でよろしい』

花音はずっと、口元を押さえていた。そうしないと声を上げそうだった。

――『花草子』が、どんな暗殺も自在になる本だったなんて。

心臓の脈打つ音が耳の奥で激しく鳴る。怒りや驚《おどろ》きがごちゃ混ぜになって、身体《からだ》中を駆《か》け巡《めぐ》っていた。

紅が「いくぞ」と肩《かた》を叩《たた》くまで、花音は身動きができなかった。

英琳がうずくまっていた回廊を迂回《うかい》して、秋妃たちに見られないように進む。

紅に言われるままに部屋を出たが、どこをどう歩いたのか、覚えていない。大変なことを聞いてしまった、という思いと、英琳の痛々しい姿が頭から離《はな》れない。

「嫌なことを聞かせることになったな」

しばらく行ったところで、紅が呟《つぶや》いた。花音は首を振《ふ》る。

「英琳さん、あのままだったらきっと、清秋殿の女官長に打ち据《す》えられていたと思う。紅さんが声を出してくれたからだよ。ありがとう」

思えば、あの状況《じょうきょう》であんな機転を利《き》かせるとは、紅の豪胆《ごうたん》さには驚いたし感謝していた。

しかし紅は苦笑する。

「なんの解決にもならないがな。秋妃と清秋殿の女官長の虐待《ぎゃくたい》は日常茶飯《さはん》事だ」

「そうだったのね……」

『慣れてしまうものです。すべてのことに、良くも悪くも』——そう言った英琳の、寂《さび》しそうな微笑《ほほえ》みが脳裏《のうり》によみがえった。

「だが、証拠も手に入れたし、もうあいつらの好き勝手にはさせない」

紅は不敵に笑んで、ふと花音を見る。

「おまえは、今聞いたことは全部忘れろ。他言無用だ。おまえが巻き込まれる必要はない」

(もう巻き込まれているんだけどね……)

内心、溜息《ためいき》をつく。なんといっても、花音は『花草子』を探しているのだ。

「それにしても、つくづく呆《あき》れた奴《やつ》だな。客を招いておいて、自室で癇癪《かんしゃく》、おまけに暗殺を企《たくら》んでいるとはな」

貴妃《きひ》を呆れた奴呼ばわりする宦官《かんがん》は、紅ぐらいだろう。貴妃の悪口など、誰《だれ》かに聞かれたら首が飛びかねない。

「そんなこと言って……人に聞かれたらまずいでしょ」

「だって本当のことだろ。ほんと、市井《しせい》でウケる物語本に出てきそうな毒婦だ」

花音は思わず笑った。紅の物言いは痛快で、心が少し軽くなる。

「それより、本当におまえは方向音痴《おんち》だな。さっきからおまえの進む方向についていってみれば、金風の間とはぜんぜん違《ちが》う方向に進んでいるぞ」

「えっ？」

秋妃の寝室《しんしつ》を呆然自失《ぼうぜんじしつ》で出てから、どこをどう歩いたのかまったく覚えていない。周囲を見渡《みわた》せば、庭院《にわ》にはさっきは見かけていないような池がある。ここはどこなのだろう。

「止めてくれればいいじゃない！」

「いや、自分で歩かせたらどうなるのかなーと思って」

紅はニヤニヤしている。

「まあ任せろ。送ってやるっていっただろ。おまえが方向音痴でもオレがいれば問題ない」

「方向音痴じゃありませんっ」

怒《おこ》って行こうとすると、ふ、と手をつかまれた。その力強い感触《かんしょく》に、思わずどきりとする。

「ちょっと、童じゃあるまいし」

手をふりほどこうとするが、大きな手はびくともしない。

「童じゃないが方向音痴だからな」

「しつこい！」

紅が笑った。花音はふりほどくのをあきらめた。

（紅の手……見た目によらず、頑丈《がんじょう》だ）

硬《かた》いタコがいくつもある、大きな手。これと似た手を花音は知っている。

（藍様と同じだ）

藍は超《ちょう》高官だ。教養もあれば剣術《けんじゅつ》もたしなむ。

（紅も、実は高位の宦官なんだ）

この麗貌《れいぼう》、回転の速い頭脳なら、不思議はない。

本来なら花音のような下級官人のさらに末端《まったん》、新人司書女官とは交流のない存在。

後宮物語では、非の打ちどころのない超高官の宦官は、妃嬪《ひひん》としか親しくならない。妃嬪の寵愛《ちょうあい》を受けて、超高官宦官は出世街道を突《つ》っ走《ぱし》る、というのが定石だ。

だとすれば、彼は妃嬪の手中の珠玉《しゅぎょく》。花音が手を握《にぎ》られるなどもってのほかだ。

（でも、今だけだから）

花音の手を握る紅の手は力強く優《やさ》しい。

それがとても心地《ここち》よくて、安心できて。

広大な殿舎《でんしゃ》で迷って、心細かった。昨日からの怒涛《どとう》の後宮生活の疲《つか》れもあって、本当は泣きたいくらい不安だった。

その不安が、紅が手を握ってくれた瞬間《しゅんかん》、溶《と》けて消えていくような気がした。

もう少しこのままでいてもいいかも――と思ったとき、少し向こうに大きな棟《むね》に渡《わた》る回《かい》廊《ろう》が見えてきた。

「こっちに」

引き寄せられ、大きな柱の陰《かげ》に隠《かく》れる。頭の上に紅の息遣《いきづか》いを感じる。

（なんか顔が熱い）

手のひらでぱたぱたと顔を扇《あお》いでいると、耳元でささやかれた声に飛び上がりそうになった。

「回廊の向こうに、露台《ろだい》が見えるだろう」

「……え？」

柱からのぞくと、確かに見覚えのある露台が見える。

奥に、陽玉の背中がちら、と見えて嬉《うれ》しくなった。

「戻《もど》ってこれた！」

「オレはここまでだ。いくら方向音痴でもここからならたどりつけるな？」

「……だから方向音痴じゃありませんっ」

花音は押し殺した声で言うと、紅の手を振《ふ》り払《はら》って回廊をずんずん進んだ。

「じゃあ今夜、戌《いぬ》の刻にな。迷うなよ」

「迷いませんっ」

くすくすと笑う声が遠ざかっていく。花音は意地でも振り返らなかった。露台に向かってどすどすと回廊を進んだ。

心臓があまりにも大きな音を立てている。それを打ち消すように、回廊を踏《ふ》み鳴らして歩く。

握られていた手が、熱い。


萌《も》えいずる若芽と咲《さ》き乱れる花の隙間《すきま》から、まぶしい陽射《ひざ》しがこぼれる。

その陽射しに炯眼《けいがん》を細め、再び書物を取った手が、ふと止まった。

「こんな時間に、珍《めずら》しいな」

言われた男は地に膝《ひざ》をついたまま跪拝《きはい》を捧《ささ》げる。それは至上の玉座におわす存在への最上位礼だ。

「麗《うら》らかな春の午後、いかがお過ごしでしょうか」

「挨拶《あいさつ》はよい。らくにせよ。――後宮のことか」

「はい。例の本を巡《めぐ》って、やはり動きがあります。華月堂の新入りの話によると、暗赫もあれを探しているようです」

ほう、と無骨な手が長い美髯《びぜん》を撫《な》でる。

「暗赫の手に渡るのは厄介《やっかい》だな。それで、本は」

「未《いま》だ見つかっておりません。あの本──『花草子』に関しては、皇后様の御遺言《ごゆいごん》を受け、青の皇子と赤の皇子ともに独自に動いていらっしゃいます。御下命通り、私は一切《いっさい》手出しはしておりません。ですが……よろしいのでしょうか」

「どういうことだ？」

「暗赫は清秋殿とつながりもある様子。後宮と朝廷《ちょうてい》の様子を併《あわ》せみるに、『花草子』がいずれかの者の手に渡った場合、皇子殿下《でんか》のどちらかが標的になるは必定かと」

籐長椅子《とういす》の上で身を起こした偉丈夫《いじょうぶ》──今上帝は、炯眼を細めて首を振った。

「余やそなたが動けば、今は丸く収まるかもしれぬ。だが、すぐに事はこじれ、次の朝《ちょう》に支障が出るであろう」

「陛下……」

「すでに、後宮の主《あるじ》は息子《むすこ》たちだと余は思っている。そこでどうにかされるなら、それくらいの器量しかなかったということだ──親としての感情をそこに挟《はさ》むわけにはゆかぬ」

そこには人の親としての心より、至高の身としての本分をまっとうしようとする意志があった。

生涯《しょうがい》をかけて仕えようと決めた主のその覚悟《かくご》に、改めて男は平伏《へいふく》する。

「承知いたしました。このまま皇子がたの御心《みこころ》のままの動きを静観いたします」

大きな籐長椅子に、今上帝は再びその身をゆっくりと横たえる。

「たかが本、されど本だ。貴族どもの陰謀《いんぼう》や戦《いくさ》は余の手で封《ふう》じられるが、後宮内に散在している本となると草の根に潜《ひそ》む虫を捜《さが》すがごとく難しい。死して後もあれの慧眼《けいがん》には驚《おどろ》かされる」

「皇后様は、最期《さいご》まで華月堂を気にしていらっしゃいましたね」

「あれは華月堂が気に入っていたし、守りたいとも言っていた。倒《たお》れてからは、華月堂に足を運ぶこともままならなくなってしまったが……だから息子たちにも言葉を遺《のこ》した」

帝は少し身を起こし、玻璃《はり》の器《うつわ》から水を飲んだ。

「上は知略家で完璧《かんぺき》な優等生だが、器があまり大きくない。万事《ばんじ》に綺麗《きれい》すぎるのだ。下はどうしようもない甘ったれだが、行動力があり、器の大きさが未知数だ」

「甲乙《こうおつ》つけがたいことにございます」

「ふん、甲乙もない、まだヒヨっ子よ。しかし、時代の流れはヒヨっ子の成長を待たぬからな」

束《つか》の間、籐長椅子の上の玉体は身じろぎ、紫瞳《しとう》を閉じる。

それを見守る男は、誰《だれ》にともなく呟《つぶや》いた。

「そう、時は動いていく——無情なほどに」

秋妃は、貴妃《きひ》たちの前では癇癪《かんしゃく》を起こさず、お茶会は終始和《なご》やかなうちに終了《しゅうりょう》した。

清秋殿から後宮厨《くりや》まで戻り、約束通り陽玉から夜食の包み飯をもらい、お茶会であまった甜食《てんしょく》までもらい、花音はほくほくと華月堂へ戻った。

「陽玉、どんな本がいいかな」

自分の読書はまったくできない状況《じょうきょう》は変わらないのに、誰かのために本を選ぶということがこんなにも楽しみだなんて、不思議だ。

清秋殿でとんでもない話を聞いてしまい、『花草子』を早く見つけなくては、という焦《しょう》燥《そう》感がいっそう強くなったが、陽玉へ本を選ぶことを考えると自然とそういう心の圧迫《あっぱく》が軽くなった。

陽玉へ選ぶ本をあれこれ頭の中で並べ、意気揚々《ようよう》と事務室の扉《とびら》を開けて――花音は立ちすくんだ。

「これは……どういうこと⁉」

花音は目の前の大惨事《さんじ》に思わず叫《さけ》ぶ。

事務室が、めちゃくちゃに荒《あ》らされていた。

室内の抽斗《ひきだし》という抽斗が全部引き出され、中の物が引っ張り出され、乱暴に混ぜ返されていた。まるで盗賊《とうぞく》が入ったかのようだ。

「誰がこんなこと……！」

片付けながら、花音はハッとする。

暗赫の長《おさ》・蠟蜂は、どうやら秋妃と清秋殿の女官長《にょかん》の差し金で『花草子』を探している。

「こんなことをしたのは」

蠟蜂率いる暗赫かもしれないし、他《ほか》にも『花草子』を手に入れたい者が後宮の中にいるのかもしれない。

「不在中だったのが不幸中の幸いね……」

伯言はおそらく昼食会からまだ戻っていないだろう。賊と鉢《はち》合わせしなかったのは幸運だった。

「……ていうかあの鬼《おに》上司、なんで戻ってきてないのよ」

のんきに優雅《ゆうが》に贅沢《ぜいたく》な御膳《ごぜん》を堪能《たんのう》しているであろう伯言の姿が想像できて、花音は腹の底がふつふつとしてくる。

「まさか仕事と称《しょう》した贅沢昼食会に参加したまま帰ったんじゃあ……」

「失礼ね、帰ってないわよ」

背後からの声に花音は文字通り飛び上がった。

「ははは伯言様⁉　いつの間に⁉」

「今の間によ」

ほら、と伯言は懐《ふところ》から長方形の木札を出し、花音の手のひらに押し付けた。

「華月堂の鍵《かぎ》よ。司書未満のあんたに渡《わた》したくないけど、こんなことになるんじゃあ自衛するしかないものね」

伯言は運び込まれた花音の布団《ふとん》その他荷物一式を一瞥《いちべつ》する。

「ただし、言っとくけど無くしたら死罪よ」

伯言が言うと死罪も現実味がある。

花音は鍵を押し戴《いただ》いた。扉と同じ幾何《きか》学模様が意匠《いしょう》されている。

「華月堂の中にいる時は、この穴に差しておけばいいの」

よく見ると扉の把手《とって》付近に穴があり、そこに木札を差し込むと扉はびくともしない。

「で、外から鍵をするときは、差しこんで回す」

外にも同じような穴があるが、内側と違《ちが》って回るようになっていて、大きく一回転すると重い音と共に扉は開かなくなった。よくできた絡繰《からく》りだ。

「まったく、どこの盗賊まがいの輩《やから》か知らないけど、この吉祥宮《きっしょうぐう》で信じられないことね」

荒らされた事務室を一瞥して伯言は顔をしかめた。

「伯言様。『花草子』という本を、御存《ごぞん》じですか」

伯言がゆっくり振《ふ》り向いた。

「なぜ、そんなことを？」

逆に問い返され、その視線の鋭《するど》さにたじろぐが、花音はふんばった。

「華月堂の司書長官たる伯言様が、『呪本《じゆほん》』と後宮内で噂《うわさ》される『花草子』のことを知らないはずはないですよね？」

「何が言いたいの」

威圧《いあつ》するでもなく、怒《おこ》るでもなく、淡々《たんたん》と伯言は問う。

だから花音は思い切って言った。

「『花草子』がどこにあるのかを知っているなら、教えてください」

「なぜ？　理由は？」

花音は言葉に詰《つ》まった。

(藍様には口止めされているし……紅さんのこともまずいよね)

清秋殿で聞いたことを話せば、紅と花音が不可抗力《こうりよく》とはいえ貴妃の私室に侵入《しんにゆう》したことがバレてしまう。花音が罰《ばつ》せられるのは仕方がないとしても、紅の立場がわからない以上、今ここで伯言に言うわけにはいかない。

花音が黙《だま》りこむと、伯言がふっと笑う。

「ずいぶん勝手なことを言うわね。理由も言わずに『呪本』と言われる『花草子』を出せですって？」

「それは」

確かに伯言の言う通りだ。自分の言っていることが勝手だとはわかっている。

けれど、清秋殿での話を聞いてしまった今、一刻も早く『花草子』を見つけなくては、人の命がかかっている。

花音は必死に言葉を探した。

「その……実は『花草子』を探している人がいるんです。あたしは、司書女官《にょかん》としてその人の力になりたいんです。一方で『花草子』を悪用しようとする人がいる。その人たちには渡すわけにいかないんです！」

言い募《つの》る花音をじっと見たまま、伯言は静かに言った。

「――ある人は罪人のごとき本だと言い、ある人は君子のごとき本だと言う。それが『花草子』よ」

「え……？」

「『花草子』がどんな本でも、本の守護者たるあたしたち司書はどうするべきかしらね？」

「そ、それは……」

「あたしたちの仕事は、本を守ること。本を必要とするすべての人たちに本を手に取ってもらえるように蔵書室を整えること。それが司書の仕事よ。あんたが司書女官として人の役に立ちたいと思うなら、今優先すべきは『花草子』のことじゃなく、花祭りまでに華月堂を開室できるようにすることよ」

伯言は踵《きびす》を返した。

「で、でもっ――」

人の命がかかってるんです、と言いかけて、紅のことが頭をよぎり花音は言葉を止める。これを今、伯言に言っていいのかどうか判断ができない。

「……夜はちゃんと、鍵をかけなさいよ」

伯言は、静かに扉を閉めた。

閉まった扉の幾何学模様を見つめて、花音はやり場のない思考を巡《めぐ》らせる。

「司書なら、どうするべきか」

伯言に言われたことを口の中で反芻《はんすう》する。

「そんなこと、わかってますよっ」

早く『花草子』を見つけなくては、犠牲《ぎせい》者が出てしまう。

しかし、伯言の言うことはもっともだ。

「悔《くや》しいけど、伯言様の言う通り。司書女官として今のあたしができる最善は」

この大量配架《はいか》を早く終わらせることだ。

「配架しながら、一刻も早く『花草子』を見つけ出してやるわ」

花音は襷《たすき》で袖《そで》を括《くく》ると、本の山に向かった。

朧《おぼろ》な月が昇《のぼ》っている。

花音は、伯言に言われた通りに木札を穴にさしこむ。かちりと小気味よい音と共に、木札は滑《すべ》るように回った。同時に何かががたん、と落ちる音がして扉はびくともしなくなる。

「本当によくできた絡繰りね」

花音は足早に夜闇《やみ》へ踏《ふ》み出す。

紅と落ち合うため、爽夏殿へ向かった。

すでに酉《とり》の刻も終わりに近い薄《うす》闇の時刻で、吉祥宮には石畳《だたみ》や白玉石の道に沿って明かりが入っていた。

その明かりの元は火ではなく、灯火石という石だ。

灯火石は打ち合わせるだけで明るく輝《かがや》き、怪我《けが》や火事の心配もないとても重宝なものだが、龍昇国東方の山々でしか採れないため非常に高価だ。ゆえに庶民《しょみん》にはとても手の届かない品だった。

市井《しせい》では大商家や貴族の屋敷《やしき》ぐらいでしか使われていないが、皇宮《こうぐう》の明かりはほとんどが灯火石であることに花音は驚《おどろ》いた。

どうりで、いたるところに吊灯籠《つりどうろう》があるはずだ。

四季殿の殿舎《でんしゃ》群にも、遠目に見ても煌々《こうこう》と明かりが灯《とも》されていた。

その明かりに引き寄せられるように花音も先を急ぐ。

磨《みが》かれた白玉石の道を歩きながら、花音は考えこんでいた。

配架は現時点で半分以上終わったが、まだ『花草子』は見つかっていない。

（早く見つけないと……再び華月堂が荒《あ》らされることも心配だし）

賊《ぞく》が蠟蜂率いる暗赫なのか、他の者たちなのかわからないが、このままでは花祭りまでに再び襲撃《しゅうげき》があることは間違《まちが》いない。

開室準備が終わるまで華月堂に泊《と》まりこみの花音としては非常に由々しき事態だった。

ここに『花草子』はありません、と貼《は》り紙でもしておこうか。

――花音は思いつめていたので、横から伸《の》びた手に気付かなかった。

「ふもっ!?」

突然《とつぜん》口を塞《ふさ》がれて紫陽花《あじさい》の繁《しげ》みに引き込まれる。

（どどどうしよう、華月堂を襲《おそ》った賊!?）

羽交《はが》い絞《じ》めにされた腕《うで》の中で必死で抵抗《ていこう》し、振り回そうとした手首をつかまれた。

「驚いた？」

耳元でささやく、どこか甘やかな低い声にどきりとする。

「なっ……なにやってんですか紅さんっ」

心臓がすごい音をたてているのを聞かれたくなくて、紅の腕を必死でふりほどいた。

「紅でいいよ。ていうか、おどかし甲斐《がい》があるなあ。ほんと面白いよ、おまえ」

「あたしはぜんぜん面白くありませんけど」

半眼で睨《にら》むが、紅はまったく悪びれずにくすくす笑っている。

柳《やなぎ》色の袍《ほう》に、黒い幞頭《ぼくとう》。昼間と同じその辺りによくいる中位の宦官《かんがん》姿だ。先日の紅《あか》い紗《しゃ》上衣の着流し姿とは印象がだいぶ違うが、宦官としてこちらが本来の姿なのかもしれない。

「それと、ちゃんと頼《たの》んだ通りに持っていてくれたんだな。礼を言う」

花音はあわてて懐《ふところ》を探る。いつの間にか、懐から生成《きな》りの巾着《きんちゃく》が抜《ぬ》き取られていた。

「いつの間に……」

まったく気が付かなかった。鮮《あざ》やかな手際《てぎわ》に花音は絶句する。

「巻きこんで悪かったな。華月堂、漁《あさ》られたろ」

言われた意味を理解するのに一拍《いっぱく》かかり、花音は目を見開いた。

「まさか、その巾着が賊の目当てだったの⁉」

『花草子』が目当てではなかったのか。

「たぶんな。やったのは暗赫だろう」

そういえばあのとき、紅は暗赫に追われていた。

「あの時、オレが華月堂へ入ったのは間違《まちが》いないから、この巾着が華月堂にあるかもしれないと思ったんだろう……って、しっ。誰《だれ》か来る」

紅は花音の手をつかんで走った。さらに繁みの奥へと。

「ちょっと待って、爽夏殿へ行くんじゃないの？」

爽夏殿の玄関《げんかん》は、北側に曲がったところにあったはず。

紅は答えず、花音の手を離《はな》さずに繁みをそのまま進む。しばらく行くと大きな木に突《つ》きあたった。

「これが言っていた梛《なぎ》の木ね」

「その通り。この梛の木の裏に、外壁《がいへき》が崩《くず》れたところがある。そこから中へ入る」

「忍《しの》びこむってこと⁉」

「呪《のろ》いの人形《ひとがた》を回収に来ました、とか玄関で言うのか？　入れてもらえるわけないだろ」

それはそうだが。

「今は夕餉《ゆうげ》の時刻で皆忙《みないそが》しい。ちょっと入らせてもらって、呪詛《じゅそ》人形を回収するんだ。誰に咎《とが》められることじゃない。むしろ感謝されたいくらいだ」

花音は頭を抱《かか》える。変な理屈《りくつ》をこねないでほしい。

「わかってる？　貴妃《きひ》の殿舎に侵入《しんにゅう》するなんて、見つかったら処罰《しょばつ》ものよ？」

「じゃあ呪いをそのままにするのか？」

「そうは言ってないけど」

「じゃあ行くぞ」

紅が言った通り、大きく張った枝の下に外壁の一部が通っていて、根や幹の周囲の外壁が崩れて人が一人通れるくらいの隙間《すきま》ができている。紅は勝手を知っているように崩れた壁《かべ》をまたいで中へ入った。

壁に沿って、整えられた庭院《にわ》の中を慣れた様子で進んでいく。

木立の向こう、吊灯籠に照らされた回廊《かいろう》には多くの女官《にょかん》が夕餉の膳《ぜん》らしきものを捧《ささ》げ持って行き交っていた。

「今の時刻は人通りが多いから、まぎれるには都合がいい。行くぞ」

「え!?　どこ行くのよ!?」

「いいから。顔を伏《ふ》せたままついてこい」

口早に言って紅は花音の手を引き回廊に上がる。

(殿舎へ上がっちゃうの!?)

ぎょっとした花音は庭院へ逃《に》げようとしたが、回廊の向こうから御膳《おぜん》を捧げ持った女官の列がやってきて、慌《あわ》てて紅の背中に隠《かく》れた。

紅は下を向き、回廊の脇《わき》に片膝《かたひざ》をついてじっと列が通り過ぎるのを待つ。花音も倣《なら》って、紅の隣《となり》でじっとしていた。女官の列は御膳を捧げ持ったまま紅と花音には目もくれず、さっさと通り過ぎていく。

「……よし」

紅は立ち上がると、女官たちの後ろから続くように回廊を進んだ。

「ねえっ、戻《もど》ろうよ。これバレたらぜったいまずいって！」

花音は必死に訴《うった》えるが、紅はまったく聞く耳を持たない。

(なんでこんなことに)

泣きたい気分だが、一人で引き返すには遅《おそ》すぎるほどに爽夏殿の中へ入ってきていた。

そこには、回廊に面して意匠《いしょう》の豪華《ごうか》な扉《とびら》が並んでいる。いかにも貴妃の私室という扉だ。

その中の一つ、見事な芙蓉紋《ふようもん》の意匠された扉を開けて、紅は中へ素早《すばや》く身を滑《すべ》らせた。

「何してんだ早く入れバカ！」

「なっ、バカって――」

しかし回廊の先に女官たちが見えたので、口論は中断され手を引かれるまま慌てて室内へ入る。

(もうここまできたら後戻りできないじゃないっ)

こうなったら、見つからずに脱出《だっしゅつ》することを考えよう、と花音は腹をくくった。

となれば周囲の状況《じょうきょう》を観察しなくてはならない。小さな灯火石の入った石灯籠の薄明かりの中、花音はじっと目を凝《こ》らした。

そこは、寝室《しんしつ》らしかった。

昼間の秋妃の部屋とは似て非なる寝室で、やはり香《こう》がきつく焚《た》かれていたが、それはむせるような物ではなく、花の芳香《ほうこう》だ。薔薇《ばら》だろうか。ゆったりとした紗の帳《とばり》の裾《すそ》には飾《かざ》り布がふんだんに付いていて、妃《きさき》というより姫《ひめ》の寝室、という趣《おもむき》だった。

光沢《こうたく》のある絹の褥《しとね》の敷《し》かれた寝台《しんだい》の底を探っていた紅が、にやっとした。

「あった」

手のひらに収まるほどの、人の形をした小さな木板。そこには呪文《じゅもん》と、髪《かみ》の毛らしきものが貼りつけてある。

「本物を初めて見たわ……」

呪術《じゅじゅつ》の本に載《の》っている、典型的な呪詛人形だ。

「回収完了《かんりょう》」

紅は、昼間持っていた五芒星《ごぼうせい》の印の小袋《こぶくろ》に呪詛人形を入れた。

――そのときだった。

「夏妃様、湯殿《ゆどの》の準備ができましたよ。かくれんぼはもうおしまいにして、湯殿にまいりましょう」

まるで幼子に呼びかけるような調子で寝室に誰か入ってきた。

「まずい！」

「ど、どうしよう」

花音は室内を見回した。花音のすぐ後ろの椅子《いす》に光沢のある上掛《うわがけ》が無造作にかけてある。

とっさにそれを頭から被《かぶ》った。

「でかしたぞ」

紅は灯火石を消し、何を思ったか、花音を横抱《よこだ》きに抱き上げた。

（なんで⁉）

あわてたがもう遅い。一人の女官が薄暗《うすぐら》い室内に入ってきて息を呑《の》んだ。

「あ、貴方《あなた》何しているの！　ここは夏妃様の寝室よ！　宦官《かんがん》といえど許可なく立ち入ることはなりません！　しかも、御身体《おからだ》に触《ふ》れるなど！」

「夏妃様は御身体の具合が優《すぐ》れないようなので、湯殿の前に医局へ連れていくようにと女官長に仰《おお》せつかりました」

言いながら、紅は何か言え、とばかりに花音をせっつくように叩《たた》く。

「なんですって？　そのような話、聞いてないわ！」

女官は非難するように迫《せま》ってくる。

（何か言わなきゃ）

「き、急に寒気がして……お茶会で冷えたのかも」

花音が小さな声で言うと、女官の動きがはたと止まった。

「たしかに今日のお茶会の場所は、清秋殿の露台《ろだい》でしたわね」

「そ、そうなの……だから早く医官に診《み》てもらいたいわ……」

花音は夏妃を思い浮《う》かべ、あの美少女だったらこうするに違《ちが》いない、と小動物のように震《ふる》えてみせた。

その仕草に信憑性《しんぴょうせい》があったのか、女官は大きく頷《うなず》く。

「わかりましたわ、夏妃様。さ、あなた、早くお連れして」

紅は一礼して部屋を出た。

が、出たところで、向こうから美しい人形のような夏妃が、女官たちと歩いてくるのが見えた。

夏妃一行と、花音を抱きかかえた紅は、回廊のこちらとあちらで一瞬《いっしゅん》、向かい合った。

女官たちはぽかん、と口を開け、回廊の向こうで宦官に抱きかかえられている夏妃に目を凝らす。

「やばっ、しっかりつかまっとけよ」

「え？　ちょっとどうし――」

次の瞬間《しゅんかん》、紅は脱兎《だっと》のごとく走り出した。花音は舌をかみそうになって言葉を呑みこむ。

「誰《だれ》か来てーっ、不審者《ふしん》よーっ‼」

女官たちが騒《さわ》ぐ声と物々しい武具の音、侍衛《じえい》の怒号《どごう》が響《ひび》くが、それらは紅の俊足《しゅんそく》に追いつかず、どんどん遠ざかる。

紅は夏妃の上掛を投げ捨て、花音を抱いたまま庭院に下りた。

「紅！　もういいから！　降ろして！」

花音の頭の中には以前本で読んだ後宮物語の展開が流れている。

後宮物語では、宦官は妃嬪《ひひん》を抱き上げるものだ。そこに禁断の恋心《こいごころ》が生じてお互《たが》いにいけないと思いつつ、妃嬪はせめて傍に置きたいと宦官を傍付きに出世させるのだ。

下級女官を抱き上げても出世できない。

花音のような下級女官を抱いているところを見られたら、紅の宦官としての有望な将来が台無しになってしまう。

「ここはバラバラに逃げよう！　あたしは華月堂に走るから紅はどこか宦官の集まる場所にまぎれて！」

しかし紅は花音を下ろさず、すっかり暗くなった庭院を走っていく。

「大丈夫《だいじょうぶ》。オレは逃げ道知ってるから」

「いいから下ろして！　せっかくの紅の出世街道《かいどう》が！」

「出世街道？　何言ってんだおまえ」

紅は怪訝《けげん》げに言って、しかし逆にがっちりと花音を抱《かか》えなおす。

「よくわからないが、やだね。また迷子になられても困るしな」

からかうような口調とうらはらに、紅の紫色《むらさきいろ》の双眸《そうぼう》は優《やさ》しげに細められていて。

その眼差《まなざ》しを見た途端《とたん》、耳の奥で心臓の音が大きくなって、何も言えなくなった。


華月堂へ戻《もど》ってくる頃《ころ》には、花音は冷たい汗《あせ》でびっしょりになっていた。

「……ていうか」

花音は華月堂の前で叫《さけ》んだ。

「なんで一緒《いっしょ》に来てるの⁉」

「しょうがないだろ。ずっとおまえを抱えてきたんだから」

「……わかってるわよっ」

わかっているが、嘆《なげ》きたくなったのだ。

鍵《かぎ》を開けて華月堂の中に入る花音のあとから当たり前のように一緒に華月堂内に入り、紅は受付の籐椅子《とういす》にゆったり腰《こし》かけた。

その美麗《びれい》な青年宦官に向かって、花音は指をつきつける。

「貴方のせいで寿命《じゅみょう》が縮まったわよ！」

「いやあ、よかった。呪詛《じゅそ》、これで回避《かいひ》できるぞ」

紅はまったく悪びれもせずさらりと言う。

「呪詛人形は回収した。あとは然《しか》るべき処分をすれば、オレもおまえも、もともと呪《のろ》われるはずだった夏妃も災禍《さいか》ない」

「清秋殿から爽夏殿へ……呪詛は、本当だったのね」

爽夏殿と清秋殿は仲が悪い、と陽玉が言っていたが、まさか呪詛までするとは。

秋妃の金切り声と貼《は》りつけたような微笑《ほほえ》みが思い出されて、背筋が冷えた。

「実行犯はたぶん、清秋殿の女官長《にょかん》だな。人形を仕込む小細工も必要だから、人を自由に動かせる女官長じゃないとできない仕事だ」

「……どうするの？」

暗殺計画は紅と花音が立ち聞きしたもの——しかも勝手に貴《き》妃《ひ》の私室に侵入《しんにゅう》して——なので公《おおやけ》に訴《うった》えにくいが、呪詛の件は証拠《しょうこ》の品がある。糾弾《きゅうだん》されたら清秋殿の女官長は言い逃《のが》れはできないだろう。

「この呪詛道具を内侍省と刑部《けいぶ》に持ちこめば清秋殿の女官長の罪は決定的だろうな。後宮の規則も国の法も、人の命をおびやかすような呪術は禁じている。そうだろう？　司書女官サマ」

先々帝《てい》の御代《みよ》に、呪術が横行したことがあった。多方面で事件や被害《ひがい》があり、国を揺《ゆ》るがす問題になったため、呪術を国の法で厳しく規制したのだ。試挙の勉強をするときに必ず学ぶことなので、もちろん知っている。

「じゃあやっぱり、呪詛のことを内侍省と刑部に？」

紅は籐椅子にもたれて花音を見上げた。その端麗《たんれい》な顔には、謎《なぞ》めいた笑みを浮かべている。

「オレは告発などしない。ただ呪いを回収するだけだ。それがオレの仕事だから」

「仕事……」

呪いを回収する仕事など聞いたこともないが、宦官の仕事というのは実に多岐《たき》にわたるという。

紅は藍のような超《ちょう》高官であってもおかしくないが、容姿が良すぎることへの妬《ねた》みだろうか。呪いの回収などという絶対に他《ほか》の宦官がやりたがらないような仕事をやらされているのかもしれない。

「そんなに落ち込むなよ。呪詛人形は回収できたし、おまえは良い仕事したぞ？」

「……こんなに嬉《うれ》しくない誉《ほ》め言葉、初めてだわ」

花音は水筒《すいとう》からすっかりぬるくなった水を飲むと、薄暗《うすぐら》い蔵書室内を歩き、積み上げてある本を手に取り、配架《はいか》作業を始めた。

呪詛が回避できたのはよかったが、花祭り暗殺計画の件は何も変わっていない。配架をどんどん進めて一刻も早く『花草子』を見つけなくては、後宮中が楽しみにしている花祭りが惨劇《さんげき》の舞台《ぶたい》になってしまう。

「なにやってんだ」

「配架よ。早く『花草子』を見つけなきゃ」

何気なく言ってしまったその一言に、紅が顔を上げた。

「どうしておまえが『花草子』のことを気にする？」

その鋭《するど》い問いに、花音は思わず後じさる。紅が花音に近付いてきた。

「だ、だってほら、秋妃と清秋殿の女官長様が暗殺計画を――」

「『花草子』が華月堂にあることを、なぜおまえが知っている？」

「そそそれは、噂《うわさ》で聞いて……」

「何を隠《かく》している？　言え。なぜ『花草子』を探している？」

花音は言い繕《つくろ》う言葉を探したが、紅の鋭い視線に観念した。

「……とある方に頼《たの》まれたの。『花草子』を探してほしいって。華月堂にあるはずだからって」

「誰だ、そいつは」

紅が花音の肩《かた》をつかむ。その手に強い力が入っている。

「『花草子』は後宮における最たる呪いだ。あれを欲《ほっ》している者は多くいる。秋妃や清秋殿の女官長だけじゃない。同じようなことを考えている者がこの後宮にはもっといるはずなんだ。花祭りのどさくさにまぎれて、事を起こそうとする者が」

「ち、ちがうの」

藍は、暗殺など企《たくら》んでいないはずだ。企む理由もない。

「ちがわない。あれは呪いだ。あれを欲する者は、誰かを害そうとしている者だ」

「そんなこと――」

ない、と言い切れるだろうか。

藍には『花草子』を探してほしいと言われただけで、理由を聞いたら拒否《きょひ》された。藍が『花草子』を悪用しないと言い切れる根拠《こんきょ》は何もない。――でも。

「あたしに『花草子』を探すように頼んだのは、内坊局《ないぼう》の上官よ。呪術《じゅじゅつ》で人を害することが法で厳しく罰《ばっ》せられることを、じゅうぶんに知っている立場の方だわ」

だから、藍が暗殺など企むとは思えない。

「内坊局の……？　誰《だれ》だ、それは」

誰だ、と問われて、藍の本当の名を知らないことに気付く。

仕方なく花音は言った。

「藍様、という方。本当の名は、知らないわ」

一拍《いっぱく》の沈黙《ちんもく》の後。

「……らんさま」

紅は気の抜《ぬ》けた様子で形の佳《よ》い眉《まゆ》を極限までひそめた。

やはり宦官《かんがん》、通り名でも内坊局の超高官を知っているのだろうか。

「そいつが、おまえに『花草子』を探せ、と？」

「うん……理由は、わからないけど、とにかく藍様は、『花草子』を悪用しようとしているんじゃないと思うのよ。説得力に欠けるのは自分でもわかってる。でも、藍様は切実な様子だし、あたしは司書女官として、切実に本を探している人には探している本を渡《わた》したい」

藍は花音を巻きこみたくないと言った。時間と人手が足りないのだとも。

藍が『花草子』を探す理由はわからないが、その様子から悪いことを企んでいるようには見えなかった。

紅はツッコんでくるかと思いきや攻勢《こうせい》を引っこめ、大きく息を吐《は》いた。

「そういうことか」

どういうことなのか花音にはさっぱりわからない。

「ねえ、どういうことよ。貴方《あなた》、藍様を知っているならわかるでしょう？　藍様は『花草子』を悪用するような人じゃないよね？」

しかし紅はそれには答えず、手近にあった本の山から一冊取った。

「……おまえは、いつもそうなのか？」

「え？」

「本を磨《みが》く奴《やつ》なんて初めて見るが」

　藍の話からいきなり何を言われているのかわからず、しかし紅が花音の手に握《にぎ》られた手拭《て　ぬぐい》を指したので、配架の話をしているのだと気付く。

「そうよ。本をきれいにしてあげて、書架《しょか》に並べるの。そうすると、本は語りかけてくれるようになる。本が伝えようと秘めている真実を」

「ふうん、そんなものか」

「……笑わないの？」

　この話をして笑われないのは初めてだった。故郷で縁談《えんだん》がまとまらなかったのは、こういう話をしょっちゅう村人の前でして奇異《きい》に思われていたせいもある。

「おまえ、本が好きなんだろ」

　紅は笑んだ。花音の隣《となり》に来て、本の山からもう一冊取った。

「この本を全部読めたらいいのに、って言ってたよな。だから本を大事にする気持ちが人より強いんだろう。笑うような話じゃない。むしろ良き司書になる資質があるってことだ。自信を持て」

「紅……」

　皆《みな》に笑われてきた話を笑わないばかりか、真っ直《す》ぐ花音を見る双眸《そうぼう》には心からの激励《げきれい》がこめられているようで。

「……ありがとう」

紅はふっと笑《え》むと、花音の手から手拭を取り、表紙を磨いて書架に戻《もど》した。

それにしても、と紅はさらにもう一冊本を取る。

「ずいぶんな量の配架だが……これをおまえ一人で？」

紅は書架の間を立ち歩く。藍にも同じことを言われたことを思い出して、花音は肩を落とした。

「……上司には、手伝う気が無いみたいだから」

紅は可笑《おか》しそうに笑った。

「あはは、鬼《おに》だな伯言。てか、おまえも根性《こんじょう》あるな。普通《ふつう》は泣いて逃《に》げ出すだろ、これ」

「……配架完了《かんりょう》しないと司書徽章《きしょう》がもらえないのっ。他人事《ひとごと》だと思って」

「他人の不幸は蜜《みつ》の味、っていうだろ」

「なんですってっ⁉」

花音は目をむくが、紅はさらに笑みを深くする。

「怒《おこ》った猫《ねこ》みたいだな。昔飼っていた子猫を思い出すぞ」

（あれ？　これも同じことを藍様に言われたような……）

昔飼っていた子猫に似ている、と。

いつの間にか花音の頭をいい子いい子と猫をあやすように撫《な》でる紅の手を振《ふ》り払《はら》った。

「もういいからっ、呪詛《じゅそ》人形は回収できたんだしさっさと帰んなさいよっ。あたしは『花草子』を探すんだからっ」

花音は溜息《ためいき》をついた。そう、事態は一刻を争う。

高い場所に本を上げようとしていると、背後から手が伸《の》びてきた。

「オレも手伝ってやる」

背中に紅の胸の熱を感じて、花音は慌《あわ》てて離《はな》れる。

「い、いいいいいいわよっ、いらないっ」

「なんで。一人より二人でやった方が早いだろ」

「いいからっ。藍様が日中は手伝ってくれるし……」

「あいつが？」

紅は不機嫌《ふきげん》気に眉をひそめた。

「上官を《あいつ》呼ばわりって……貴方もかなりな根性しているわね」

「なんであいつがおまえの手伝いやってんだよ」

綺麗《きれい》な顔の人間というのは、不機嫌になると凄《すご》みがある。花音は思わず答えた。

「それは……藍様が、『花草子』は自分の探し物だから手伝って当然だって。でもきっと、あたしのことを憐《あわ》れんでくださっているのよ。藍様のおかげでずいぶん配架《はいか》が進んだわ」

「……なんでおまえはあいつのことになると良いように解釈《かいしゃく》するんだ」

なぜだか紅はつっかかってくる。そして強く頷《うなず》いた。

「よし、決めた。『花草子』が見つかるまでオレはおまえの護衛をする」

「なっ……なんでそうなの⁉」

「護衛、いらないのか？」

「だ、だって暗赫がここに来たのは、貴方の巾着《きんちゃく》が目当てだったんでしょう。巾着は貴方に返したんだから、もう大丈夫《だいじょうぶ》なはず」

「……『花草子』を探している奴らがいる。少なくとも清秋殿の手先である蠟蜂はそうだろう？　他にも『花草子』を求めて華月堂を狙《ねら》っている輩《やから》はいると思うが？」

ぐ、と花音は言葉に詰《つ》まる。紅は勝ち誇《ほこ》ったように言った。

「決まりだな」

紅は淡々《たんたん》と本を拾い上げ、印を見て配架していく。

「ちょっと何勝手に決めて——」

言いかけて、流れるような所作に驚《おどろ》く。それは藍を思い起こさせたが、藍とは違《ちが》う手慣れた滑《なめ》らかさがあった。本を扱《あつか》うことに慣れている——そういう滑らかさ。

「惚《ほ》れた？」

ぼうっと紅を見ていた花音は、当の本人に覗《のぞ》きこまれてハッとする。

「ほほほ惚れるわけないでしょうがっ、仕事が速いなって……思っただけ」

「なんだ。惚れたのかと思った」

「惚れませんっ。くだらないこと言ってないで……今日は本当にもう帰んなさいよっ」

実際、すでに亥《い》の刻も半ばに近い時刻だろう。花音はここに泊《と》まりこみだが、宦官にも寮《りょう》はある。紅はもう戻った方がいい。また暗赫が、蠟蜂が、あの夜のように来るかもしれない。

花音が手のひらをしっしっ、と振ると、紅がその手をつかんだ。

「オレはおまえの護衛だから、夜はずっとここにいるぞ」

「な、なに言ってんの有り得ないでしょ!!」

恋《こい》とか愛には興味も縁《えん》もなく、ましてや初恋《はつこい》もまだの花音だが、結婚《けっこん》前の年頃《としごろ》の男女が夜に二人きり、という状況《じょうきょう》が一般《いっぱん》的に禁断なのはわかる。

しかし紅はさらに面白《おもしろ》がっているふうに笑みを含《ふく》んだ麗貌《れいぼう》で花音をのぞきこんでくる。

「オレは宦官《かんがん》だぞ？　ヘンな心配は無用だ」

「べべべ別に！　ヘンな心配なんか」

「じゃ決まりだな」

（ち、近いっ、離れてっ）

さっきから紅はぐいぐい距離《きょり》を詰めてくるので、花音はその度《たび》にじりじり離れる。

しかし紅はおかまいなしに、さらに花音の手を引き寄せると耳元でささやいた。

「ま、オレが手伝ったらすぐ終わるから。ぜったい藍様よりオレの方が役に立つぞ」

(近いっ、ていうかなんでまた藍様が出てくるの⁉)

いろんな意味で混乱して花音は半ば押しのけるように紅から離れると、手近にあった本を抱《かか》えて違う書架へ配架に向かう。

「なんでそんなに警戒《けいかい》するんだよ。オレはおまえの護衛だぞ？」

「べ、べつに警戒なんかしてませんっ」

(だから近いんだって！)

息遣《いきづか》いや袍《ほう》から香《かお》る涼《すず》やかな芳香《ほうこう》が心臓をどきどきさせるのだ。

紅はおかまいなしに花音の近くに寄ってくる。というか、花音の反応を完全に面白がっている。

(ぜったいにからかわれてる)

腹が立つが、紅は花音を追っかけつつきちんと配架をしているので、文句のつけようがない。

(このままじゃ心臓が破壊《はかい》される……どうにかしないと)

花音は配架をしながら書架を移動し、うってつけの本を見つけた。

(これだわ)

その本をわしづかみにすると、再び花音の横に近付いてきた紅に護符《ごふ》のごとく突《つ》き出す。

「？　なんだ、これ？」

「疲《つか》れているでしょう？　読んであげるから」

花音はにんまり笑う。

ささやかな仕返しだ。

「『御伽草子《おとぎぞうし》』」

「そうよ」

それは誰《だれ》しも、童《こども》の頃《ころ》に一度は聞いたことのある、昔話を集めた本だ。

「人が嫌《いや》がることを無邪気《むじゃき》にやる童心を忘れない貴方《あなた》には、この本がお似合い――」

「おおっ、懐《なつ》かしいな！」

花音が得意げに仕返しの嫌味《いやみ》を言っているのを紅はぜんぜん聞いておらず、しかも歓声《かんせい》を上げた。

「……え？」

「これだよ、『御伽草子』。昔、寝《ね》る前に必ず読んでたんだよなあ」

「へ、へえ、そう」

（なんか逆に喜んじゃってるっ⁉）

そう思ったが時すでに遅《おそ》し。

「さっき、読んでくれるって言ったよな」

「え？　そ、そうだっけ……」

「おう、読んでくれ！」

「………」

　まさか同じ歳《とし》くらいの青年に面と向かって『御伽草子』の読み聞かせを頼《たの》まれるとは思いもしなかった。

(童と一緒《いっしょ》だわ)

　わくわくした顔が並ぶ中、村で読み聞かせをしたことが思い出される。期待されると応《こた》えたくなる性分《しょうぶん》なのだ。

「……少しだけね」

　喜々として事務室の長椅子《いす》に座った紅を見て、花音は呆《あき》れながらも我知らず笑っていた。


「……読み聞かせている側が寝るかよ」

　長椅子ですやすやと寝《ね》息《いき》を立てる花音を、紅は呆れて見下ろす。

「ま、いっか」

紅は長椅子の下に腰《こし》を下ろし、首だけ振《ふ》り返る。

間近にある小さな白い顔を指先でつついた。化粧《けしよう》っ気はまったくないが、滑らかな肌《はだ》はよくよく見れば真珠《しんじゆ》のようにつややかだ。

「花猫《ファマオ》に似てるんだよな、ほんと。名前まで似てるし」

くすりと笑い、再び花音の頰《ほお》をつつく。

大切だった子猫《ねこ》。花音はその子猫に似ている。動きも、翡翠《ひすい》色の双眸《そうぼう》も。いつまでも見ていたい、触《ふ》れたい、と思うのは、それ故《ゆえ》だろうか。

——否《いな》。

それだけではない。

触れるとすぐに熟《う》れた林檎《りんご》のように赤くなるのが面白い。他愛《たわい》のない会話をすると、胸の内が温かくなる。折れそうな華奢《きやしや》な身体《からだ》でくるくるとよく動くのを見ていると、思わず抱《だ》きしめたくなる。

女人《によにん》に対してこんなふうに感じるのは初めてで、正直、戸惑《とまど》っていた。

紅にとって女人とは、美しい魔物《まもの》だ。宝石や金子《きんす》、豪奢《ごうしや》な衣裳《いしよう》を欲《ほつ》し、権力を欲し、男を欲し、すべてを呑《の》み込もうと目を光らせている。それは身分の貴賤《きせん》問わず同じだ。少なくとも、紅の周囲にはそういう女人しかいないので、女人に対してそういう感想しか抱《いだ》けなかった。

けれど、花音はちがっていた。

だから対応に戸惑い、反応が面白くて、つい意地悪なことを言ってしまったり、からかったりしてしまう。

「ごめんな。いじめてるつもりはないんだが」

健《すこ》やかな寝顔《ねがお》にささやく。花音は寝返《ねがえ》りして顔をこちらに向けた。

長い睫毛《まつげ》が頰に影《かげ》を落としている。小さな寝息をたてる桜色の唇《くちびる》は、わずかに開いていた。

吸い寄せられるようにその唇に近付き――あとわずかで唇が触れるところで、紅は極限まで理性を働かせて自分の身を花音から引き離《はな》した。

「不意打ちはよくないな」

紅は苦笑する。

こういうことは、双方《そうほう》合意の上でないと、公平じゃない気がした。

真っ直《す》ぐで純粋無垢《じゅんすいむく》な花音には、偽《いつわ》りなく接したい。

――この感情を何と呼べばいいのか。

はっきりとわかっているのは、この無邪気な寝顔をずっと見ていたい、ということ。

月明かりを白く映すその頰を、紅は大きな手でそっと優《やさ》しく撫《な》でた。

三日目◆そんな秘密があったとは

目覚めると、紅《こう》はいなくなっていた。

「あ、あれ……」

応接卓子《たくし》の上には『御伽草子』が載《の》っている。

昨夜のことは、夢じゃない。

「うそ……あたしが寝ちゃってどうすんのよ！」

花音《かのん》は頭を抱《かか》えた。紅に意趣《いしゅ》返しするつもりで『御伽草子』を読み聞かせていて、自分が寝落ちしてしまったらしい。

「まさか、ずっといてくれたのかな。まさかね……」

花音が寝てしまったなら、すぐに紅は帰ったのだとは思うが。

確かに紅の言う通り『花草子《はなぞうし》』が見つかっていない今、再び賊《ぞく》の襲撃《しゅうげき》があるかもしれない。華月堂《かげつどう》は危険だ。

泊《と》まりこんでいる花音にとって護衛の申し出はありがたいが、紅にも日中仕事があるだろう。徹夜《てつや》で花音の身辺を見張ってくれたその足で仕事に赴《おもむ》いたのかと思うと、申し訳ない気持ちになる。

断るべきだとわかっているのに、なぜか踏《ふ》み切れない自分がいる。

『花草子』が見つかるまでよ。うん、仕方ないわ」

なぜか自分に言い訳しつつ、外の井戸《いど》で水を汲《く》み、今日の計画を思案した後、花音は後宮厨《くりや》へ向かった。


まだ朝餉《あさげ》が終わるか終わらないかの早い時間だが、後宮厨では鍋《なべ》や蒸篭《せいろう》から勢いよく湯気が上がり、活気ある声が行き交っている。

「あれ？　花音じゃない！」

嬉《うれ》しそうに陽玉《ようぎょく》が前掛《まえか》けで手を拭《ふ》いて出てきた。

「こんなに早くどうしたの？　朝餉を食べそびれたなら、お粥《かゆ》が残っているよ」

「いいの⁉　うれしい！」

花音は思わず目がきらめいた。陽玉が神様に見える。

「それと……お昼と夜のご飯になるものを、何かいただいていってもいい？」

「もちろんいいよ。仕事、やっぱり忙《いそが》しいの？　相変わらず上司が鬼《おに》？」

「仕事は慣れてきたし、もうすぐキリが付きそうなの。今日は追い込みしようと思って。

上司はもちろん手伝ってくれないけどね」

陽玉は心底同情する顔になる。

「かわいそうに……わたしがとっておきの包み飯を作ってあげるからね！　点心も急いで蒸《む》すから、ちょっとお粥食べて待ってて！」

いそいそと厨房《ちゅうぼう》へ入っていく陽玉の後ろ姿を花音は伏《ふ》し拝《おが》みつつ、渡《わた》されたお粥を食べた。

「うー、染《し》みるわあ」

刻んだネギと卵の入った熱いお粥は、疲《つか》れた身体にじんわりと入っていく。

花音は持ってきた手籠《かご》の中の本を覗《のぞ》きこむ。

疲れた心身に染みるものを、自分も陽玉にあげられたら。

「ごちそうさま。お粥、染みたよ。生き返ったわ」

「大げさねえ。でもよかった。さっきは顔色があまり良くなかったから心配したよ。徹夜してんの？」

「うん、まあ……」

花音は思い出して遠い目になった。

怒涛《どとう》の一夜だった。

今考えても貴妃《きひ》の殿舎《でんしゃ》に忍《しの》びこむなんて有り得ない。呪詛《じゅそ》人形の回収が目的だったとはいえ、バレたら重罪だ。

そして、聞いてしまった暗殺計画。

秋妃《しゅうひ》と清秋殿《せいしゅう》の女官長《にょかん》は『花草子』を手に入れ、夏妃《かひ》と、おそらく赤の皇子をも害しようとしている。

花祭りでの暗殺計画を阻止《そし》するため、一刻も早く『花草子』を見つけなくてはならない。

「でも、徹夜ってことは華月堂に泊まったってことでしょ。じゃあ、よかったね」

「よかった、って何が？」

「聞いてない？ 女官寮《りょう》に空巣が入ったらしいよ」

「ええ⁉」

女官寮に入って何を盗《ぬす》むというのだろう。

「下着泥棒《どろぼう》？ でもここは後宮よね。女物の下着に興味のある人なんかいないよね」

「ちがうちがう。なんか、部屋中荒《あ》らされてたらしいよ。ほとんど私物のない部屋だったから被害《ひがい》もなかったみたいだけど。ええっと、たしか……蒲公英《たんぽぽ》の棟《とう》の二階の部屋だって」

花音は飲んでいた水筒《すいとう》を噴《ふ》きそうになった。

「花音、だいじょうぶ⁉」

陽玉が背中を軽く叩《たた》いてくれる。

「どうしたの？」

「だ、だいじょうぶ……水がのどにひっかかったみたい。ははは」

女官寮は花の名前別に分かれており、花音の部屋は蒲公英の棟の二階だ。

蒲公英の棟は満室だったし、入宮《にゅうぐう》したばかりのこの時期に私物がほとんど無い部屋など無いだろう——花音の部屋を除いて。

荒らされていた華月堂の部屋が思い出されて、ぞっとした。

（寮の部屋まで探すなんて……）

紅曰《いわ》く、華月堂を荒らしたのは暗赫《あんかく》だ。目的は、紅の持っていた巾着《きんちゃく》。

（紅が命より大事な物が入っているって言ってたよね）

花音の寮の部屋まで荒らすとなると、紅の身が案じられる。

（紅……だいじょうぶかな）

花音が眠《ねむ》ってしまった後、無事に宦官《かんがん》寮まで帰れただろうか。

「花音？　どうしたの？」

「あ、ああ、なんでもない。あたし、もう行かなきゃ。陽玉、ありがとうね」

花音は新しい手籠と引き換《か》えに、本を入れた手籠を渡した。

「本を選んできたから、よかったら読んで」

「本当に持ってきてくれたの？」

陽玉は目を輝《かがや》かせて、手籠の中の本——『龍昇《りゅうしょう》国今昔《こんじゃく》物語集』——を手に取る。

「その本はね、短い昔話の集まりなの。童《こども》の頃《ころ》に一度はどこかで聞いたことのある、そんな話ばかり。一つの話がとても短いから煮炊《にた》きの合間に気軽に読んでね」

「本当だ……この『龍昇ノ瀧《たき》の水を村に引きし男のこと』って、聞いたことある！」

本をめくりながら、知っている話があったことが嬉しかったらしく、陽玉は顔をほころばせ、花音をぎゅっと抱《だ》きしめた。

「ありがとう！　本が読めるなんて夢みたい！」

「陽玉……」

同じ年頃の女の子とここまで感情をあらわにして語り合ったことのない花音にとって、こういう素直《すなお》な表現をされたときにどうすればいいのか、わからない。

（でも、きっと）

陽玉は花音に思っていることをそのまま伝えてくれたのだろう。

（あたしも、そうすればいいんだ）

花音は陽玉を抱きしめ返した。

「あたしこそ、いつもありがとう。大変でも元気に働けるのって、陽玉が一生懸命《けんめい》作ってくれるご飯のおかげだよ」

そんな陽玉の疲れを癒《いや》してほしいと願い、『龍昇国今昔物語集』を選んだ。

『龍昇国今昔物語集』が秘めるのは「郷愁《きょうしゅう》」。

「郷愁」は、忙しい日常に少し疲れているとき、故郷のように心を癒してくれるもの——花音はそう考えていた。

『龍昇国今昔物語集』の小さく短い物語は、懐《なつ》かしさや童の頃の喜怒哀楽《きどあいらく》の記憶《きおく》を読む者に思い起こさせくれる。

花音にも、そういう記憶があった。

母が亡くなって後、『龍昇国今昔物語集』を読んで、母から聞かせてもらった話ばかりだと嬉しくなった。

母が、花音の中にいてくれる——そういう感覚が、しっかりと花音の心に刻まれた。どんなに嫌《いや》なことや辛《つら》いことがあっても、温かく迎《むか》えてくれる場所がある、という、そんな感覚。

それを「郷愁」と呼ぶのではないか、と花音は思っている。

だから花音は今でも時折『龍昇国今昔物語集』を手に取る。

それを陽玉にも勧《すす》めたいと思った。

陽玉は嬉しそうに本を開いている。その姿を見て、花音は胸のあたりがぽつりと温かくなった。

事務室に、伯言《はくげん》からの置手紙があった。

華月堂に賊《ぞく》が入った被害届を内侍省《ないじ》に提出しに行く、とのこと。

「それでたぶん、このまま戻《もど》ってこない、と」

三日目にして伯言の行動は把握《はあく》した。本当の本当に微塵《みじん》も配架《はいか》を手伝う気はないらしい。

「ここまで鬼《おに》だと、いっそすがすがしいからまあいいか」

一人でやるものだと思えば、腹も立たない。早く『花草子』が見つけられればそれでいい。

袖《そで》を襷《たすき》で括《くく》っていると、藍《らん》がやってきた。

「華月堂に賊が入ったようだね。無事だった？」

さすがは内坊局《ないぼう》の高官、情報が早い。

「かわいそうに。怖《こわ》かっただろう」

「いえ、ぜんぜん大丈夫《だいじょうぶ》です。この通りぴんぴんしてます」

花音は笑ったが、藍は花音の肩《かた》を包みこむように手を置いた。

「花音、もう華月堂に泊《と》まるのは危険だ。今日からは女官寮に戻ってほしい。僕が送っていくから」

「藍様……」

藍の気持ちはありがたいが、司書女官としての矜持《きょうじ》にかけて『花草子』を見つけなくてはならない。

そして、そのためにも藍に聞かなくてはならないことがあった。

花音は藍を見上げて明るく微笑《ほほえ》む。

「藍様、あたしなんかのことを心配してくれてありがとうございます。でも、あたし大丈夫ですよ」

「しかし」

「それより、お聞きしたいことがあるんです」

花音の声音《こわね》に緊張《きんちょう》を感じたのか、藍は先を促《うなが》すように小首を傾《かし》げた。

「藍様、なぜ『花草子』を探しているんですか」

瞬《まばた》きの間くらいの沈黙《ちんもく》が降りた後、藍は言った。

「君には関係ないと言ったはずだよ」

「もちろん、藍様のような高官のお仕事にあたしなんかが関係あるはずないです。でも」

花音はいったん言葉を切り、藍を見上げた。

「もし、もしも『花草子』を使って人を害しようとしているなら、司書女官として『花草子』を渡《わた》すわけにはいきません」

「……もしかして、見つけたの？　中を見た？」

花音は首を振《ふ》った。

「残念ながら、まだ。でも事は急を要します。『花草子』は、暗殺を容易にする本なのでしょう？」

「………」

藍の沈黙を肯定《こうてい》と受けとった花音は、藍を改めて見上げた。

「藍様は、誰《だれ》かを傷つけるために『花草子』をお探しになっているんじゃないですよね」

「『花草子』の内容をどこで知ったの？」

逆に問われ、花音は言葉に詰《つ》まる。

「それは……」

花音の肩に置かれた大きな手に、力が入る。

「僕が君に『花草子』の内容を伝えなかったのは、君に累《るい》が及《およ》ぶことを恐《おそ》れたからだ。でも君は知ってしまった。どこで？　誰に聞いたの？」

「言えません」

「どうして？」

藍の手にさらに力が入る。

紅のことを藍に言うわけにはいかない。内侍省での紅の立場はわからないが、衣裳《いしょう》からしても藍の方が高位であることは予想できる。

紅は呪《のろ》いを回収するのが仕事だ、と言っていたが、藍がそれをどの程度把握《はあく》しているのかわからない。省内でも、局が違《ちが》えば仕事も異なる。紅が藍より身分が下なら、妃嬪《ひひん》の殿《でん》舎《しゃ》に行ったことがバレるのはまずいだろう。それが紅の仕事で、呪詛《じゅそ》回避《かいひ》のためにやったとしても、だ。

花音は覆面《ふくめん》を見上げた。

「ごめんなさい、藍様。詳《くわ》しいことは言えません。でも、信じてください。あたしは、藍様のために『花草子』を探すつもりでいます。同時に、司書女官《にょかん》として『花草子』を悪用されたくないんです。だから……」

肩に置かれた手の力が、少しゆるくなった。

「話せないのは、お互《たが》いさまだね」

「藍様……」

「そして、己《おのれ》の信念に従って誰をも傷つけたくない、というのも一緒《いっしょ》だ」

花音は頷《うなず》いた。

「すまない。僕も今は……詳しくは話せない。でも信じてほしい。僕は『花草子』が悪用されるのを阻止《そし》するために『花草子』を探しているんだ。それだけははっきりと言える」

表情は見えないが、藍の声には真実がこめられている。

「僕は、花音を信じているよ」

藍には藍の事情があるのだろう。もしかしたら、花音が知っている清秋殿の陰謀《いんぼう》と藍が阻止しようとしている事件は違う件かもしれない。

でも、犠牲者《ぎせいしゃ》を出したくない、という思いは同じだ。それがわかったから、花音は微笑んだ。

「あたしも、藍様を信じます」


それからしばらく、二人は黙々《もくもく》と配架《はいか》に取り組んだ。

おかげで作業はかなり進み、配架は残すところ四分の一ほどになった。

あれだけあった本の山はきれいに書架に収まり、蔵書室内は明るくなったような気がした。高窓から差す陽《ひ》の光に、白く塵《ちり》が踊《おど》っている。

「それにしても、華月堂を漁《あさ》るとはね」

藍が、休憩《きゅうけい》に水筒《すいとう》を口にしつつ言った。

「賊が来たのは誰もいないときだったので、不幸中の幸いでした」

「うん。でも『花草子』はまだ見つかってないから、今後も賊が襲《おそ》ってくる可能性があるよ。やはり、今日からは女官寮《りょう》に帰ったほうがいい」

花音は笑った。

「ありがとうございます。今日までは泊まりこみます。そうしたら配架、終わると思うんです。それに……内侍省の、所属局はわからないですけど、紅という人が、護衛をしてくれるって言ってくれて」

紅のことは黙《だま》っていようと思ったが、藍を安心させるために護衛のことは言っておこうと思う。

「………こう？」

「御存《ごぞん》じですか？　珍《めずら》しい紫色《むらさきいろ》の目をしていて、すっごく顔はいいけれど態度が大きくて強引《ごういん》で……」

ああ、と藍は苦笑する。さすが内侍省の高官、やはり紅を知っているようだ。

「彼が、花音の護衛を？」

「いいって言ったんですけど」

『藍様より役に立つ』と紅が豪語《ごうご》したことは黙っている。

「そうか。まあいい。彼は……人柄《ひとがら》はともかく、腕だけは確かだから」

（なんか言い方に棘《とげ》があるような……？）

「でも、違う意味で心配だな……何かされなかった？」

「何かって……」

「彼は女性に手が早いそうでね」

「え!?」

昨夜のことを思い出す。

ぐいぐい距離《きょり》をちぢめてきた紅の身体《からだ》の、背中に感じた熱。鼻をくすぐった爽《さわ》やかな香《かお》り。

鮮《あざ》やかな記憶《きおく》に、花音は顔が熱くなる。

(あれってそういうことなの⁉)

恋愛《れんあい》物語はもちろん多く読んでいるが、昨夜のようないちいち相手の挙動をからかうような場面にはお目にかかったことがないので、紅はただ花音をからかっているだけだと思った。

(ぜんぜんわからない……!)

花音は頭を抱《かか》える。本の知識があてにならないなんて、初めてだ。

自分のような嫁《よめ》の貰《もら》い手もないちんちくりんにまで手を出そうとしていたのなら、確かに手が早いのかもしれないが。

(あれ? でも、紅って宦官《かんがん》だよね?)

しかし、あれだけ眉目秀麗《びもくしゅうれい》なら宦官でもいい、と思う女性がいてもおかしくない。いや、むしろ宦官であることはまったく問題にならないだろう。

「そういう噂《うわさ》だよ」と藍は心配そうに花音をのぞきこむ。

「もしヘンなことをされそうになったら速攻《そっこう》手を上げていいから。ていうか、もしそんなことになったら僕にすぐ言ってくれ。然《しか》るべき対処をするから」

「はあ……ありがとうございます」

然るべき対処、という部分をやけに強調する藍は、口調こそ穏《おだ》やかだが凄《すご》みがあった。


陽玉に用意してもらった昼食を食べ、花音は片付いた蔵書室内を見渡《わた》した。

「配架もかなり進んだし、あとはあれらをなんとかしようかな」

蔵書室内にある違和《いわ》感。その元凶《げんきょう》となっている装飾《そうしょく》性あふれた壺《つぼ》や石や棚《たな》。

「伯言様も、その方が気に入ってくれると思うし……」

華月堂に泊《と》まりこみ生活と配架をする毎日の中で、花音には気が付いたことがあった。

それは、伯言が外見とは正反対に、実用重視の人物だということ。

伯言はおそらく、事務室を模様替《が》えしていた。

床《ゆか》に見え隠《かく》れしている日焼けの痕《あと》を注意深く観察すれば、すぐにわかることだ。

それは使い勝手を計算した家具の動かし方。

仕事のしやすい無駄《むだ》のない家具配置で、とても実用的だ。花音はそこに、伯言の堅実《けんじつ》さを垣間《かいま》見た気がした。

そして花音も、実用重視に大賛成だ。

「お、重い！　透《す》かし彫《ぼ》りなのに……なんだってこんなに重いのこの椅子《いす》は!?」

それは原材料の木が高価な証《あかし》だが、非力の花音にはうらめしいことこの上ない。

間違《まちが》っても書架にぶつけて傷などつけないように必死に運んでいると、

「持つよ」とすかさず藍がやってきた。

「いえっ、大丈夫《だいじょうぶ》です！　藍様は配架をお願いします！」

「僕がいるときは無理しなくていいよ」

背後から両手を包まれているので、藍の広い胸にすっぽり入る形になっている。

あまり役に立っていない花音はどけばいいのだが、椅子と藍に挟《はさ》まれていて動けない。

椅子の重さはまったく感じなくなったが、結局そのまま受付近くまで一緒に運ぶことになった。

「あ、ありがとうございます」

恐縮《きょうしゅく》する花音に、藍は笑った。

「今日は家具を動かすの？」

「はい、前から思っていたんですが、置物の壺とか石とか、使われてない棚とかが邪魔《じゃま》だなって思って」

「確かに花音の言う通りだ」

藍は笑う。

「力仕事だね。ならば今日は、存分にこき使ってもらおう」

とんでもない、と花音は思ったが、実際とても助かった。

椅子は一人で何とか持ち上がったが、卓子《たくし》や棚は花音一人ではとても動かせなかったのだ。藍は、それを一人で軽々と持ち上げ、運んでくれた。

花音が壺やよくわからない謎《なぞ》の石などの装飾品を行李《こうり》に収納している間、藍が重いものを率先して運んでくれた。適材適所は功を奏し、見る間に家具配置は整っていく。合間の配架《はいか》も、家具が片付くと思うように進んだ。

そして、茜《あかね》色の夕日が蔵書室に差し込む頃《ころ》。

「すごい……理想的な蔵書室です！」

花音は感激の声を上げた。

あるべきものがあるべき場所に配置された、すっきりとした蔵書室。

各所にあった飾《かざ》り棚を撤去《てっきょ》することで書架の間がずいぶん歩きやすくなった。これで本が探しやすくなるだろう。

受付の近くには椅子を並べ、一番大きな飾り棚を二つ配置し、そこにお勧《すす》めの本を並べる。本が読みたいけれど何を読めばいいのかわからない、という陽玉の意見を参考に作った空間だった。

不要になった飾り棚は事務室で使うことにした。

「驚《おどろ》いたな。家具の配置でこんなに印象や広さが変わるなんて」

蔵書室内を見渡して、藍はしきりに感心した。

「本を読みやすいように、取りやすいように考えられた配置だ。飾り棚や無駄な室内装飾品もだいぶ片付いて、本を読むのに理想的な空間になっているよ。この、お勧めの本を読める場所というのもいいね」

藍があまりにも褒《ほ》めるので、花音は恥《は》ずかしくなって顔が熱くなる。

「そ、そんなこと……藍様のご協力があったからこそです！　あっ、あとあの隅《すみ》の棚が残っていましたねっ」

照れ隠しに言って、花音は蔵書室の奥にいそいそと向かう。そう、あの謎の奥行きの浅い本棚。その隣《となり》の、のっぺりした壁際《かべぎわ》に置かれた飾り棚。

見事な牡丹《ぼたん》の意匠《いしょう》が素敵《すてき》なので、受付前のお勧め本を読める空間に置こうと思っていた。

小さめの物だが、これまでの棚と同じく、きっと重いにちがいない。

「よいしょっ……」

気合を入れて持ち上げた瞬間《しゅんかん》、花音は勢いあまって均衡《きんこう》を崩《くず》した。棚が思いのほか軽かったのだ。

同時に、床から突《つ》き出ている何かにしたたか足をぶつけた。

「痛っ……って、えええええ!?」

目の前の光景に、痛さも忘れて花音は呆然《ぼうぜん》と座り込んだ。

「花音！」

藍が駆《か》け寄ってくる。

「これは……」

さすがの藍も、言葉がない様子だった。


あの奥行きの浅い書架が消えて、その奥にもう一つ書架が現れたのだ。

本はきちんと背を並べてあるもの、平積みになっているものなど、収納の仕方がばらばらだが、書架の上段から下段までかなりの数の本が詰《つ》め込まれている。

花音は立ち上がって、書架のあったところを観察する。

「奥行の浅い書架は、壁《かべ》の中に横滑《すべ》りに入っているわ」

奥行の浅い書架が、隠し書架の引き戸になっている。

「すごい数の本だわ……」

花音は隠し書架へ近付く。微《かす》かにカビの臭《にお》いと、古い本の匂《にお》いがした。書架にぎっしりと詰められた本からは、この場所に収納できるだけ収納しようという意図が感じられた。

「飾り棚をどけたら、その突起《とっき》が出てきたんです」

花音は自分がつまずいた物を指さした。藍がかがんで、つぶさに観察する。

「これは梃《てこ》だな。これで絡繰《からく》り書架を開閉するんだろう。よく考えられている」

藍が梃を動かすと、壁から書架が滑り出てきた。花音はあわてて飛びのく。

「藍様！　何か言ってくださいっ」

「ごめんごめん」

再び梃を動かすと、書架はなめらかに素早《すばや》く壁に吸いこまれた。

「奥行きの浅い書架は可動するけど、隣の書架との間に隙間《すきま》がほとんど無いです。外から見ても気付かないはずだわ」

花音は感心する。正面扉《とびら》の鍵《かぎ》の絡繰りもすごいと思ったが、こんな仕掛《しか》けがあったとは。

そして、隠し書架に所狭《せま》しと詰め込まれた本を見て、花音は顔を輝《かがや》かせた。

「すごい……すごいわ。古語の辞書がある！　それからそれから、もしかしてこれ、龍朝《ちょう》廷《てい》草創期の神話原本じゃない⁉　うそでしょ⁉　すごいお宝の山……！」

花音は宝のような本の数々に目を走らせた——数拍《はく》後。

（あれ？）

どこかで見たような表紙に目を留める。

どこだったか、と花音が眉根《まゆね》を寄せた時、藍が笑った。

「花音は本のことになると人が変わるね。知識も豊富だ。助手にしたい司書女官《にょかん》だな」

そう言って、藍も隠《かく》し書架の本をつぶさに観察する。自然と花音と藍の距離《きょり》が縮まって、藍が後ろからそっと花音の肩《かた》に手を置いた——その瞬間。

「なにやってんだ」

凍《い》てつくような声音《こわね》に花音はハッと我に返る。

「紅!?」

振《ふ》り返ると、魔王《まおう》のような冷気を漂《ただよ》わせた紅が立っていた。

「どうしたの？」

「どうもこうも、オレはおまえの護衛だからな」

宦官《かんがん》の袍《ほう》ではなく、初めて会った夜に着ていた紅《あか》い紗《しゃ》上衣。その上から紅が手を掛《か》けた突起が、剣《けん》の柄《つか》だとわかる。

「いきなり仕事か。覆面《ふくめん》とは怪《あや》しいな。不審《ふしん》者か？」

「紅！」

花音はあわてて藍を見上げる。花音の肩を抱《だ》いたまま隣《となり》に立つ藍の気配が急速冷却《れいきゃく》されていく。

「君に言われたくないね。君こそ、帯刀許可は取ってあるんだろうな。知らないようなら教えるが、後宮は例外を除いて刀剣《とうけん》類所持は禁止だ」

「は。相変わらず嫌味《いやみ》を言わせたらピカイチだな。おまえに心配されなくても許可くらい取ってるっつうの」

「あ、あの……」

花音はいたたまれなくなって、じりじりと藍から離《はな》れつつ小部屋を出た。

「とりあえず、この飾り棚《だな》を運ぶわ。そうしたら作業終わるから」

「いや、花音、僕が運ぶよ」

「護衛なんだからオレが運ぶ」

両側から飾り棚を引かれ、余計に荷重がかかったことにイラっとした花音は二人を振り切った。

「あたしが運びますからっ」

花音は飾り棚を受付の近くに運び、適切な位置に置いた。

「これで……これでほぼ終わったわ……!」

花音は手を握《にぎ》りしめ、感動に浸《ひた》ろうとした——が、背後からの不穏《ふおん》な会話がそうさせてくれない。

「おまえもあれを探しているんだってな」

「ふん、君に余計な干渉《かんしょう》をしてほしくないんだがな。いつものように花街でふらふらしていればいいものを」

「おまえに指図される覚えはない。ま、べつに誰《だれ》がどうなろうと興味はないが、オレには
オレの事情がある」

「相変わらず自己中心的な考えだ」

「そっちも、相変わらず偽善者《ぎぜんしゃ》だな」

おそるおそる振り返る。向き合った二人の間に青い火花が散っているように見えるのは
気のせいだろうか。

(な、なんなのこの二人)

どうやら知り合いのようだが、恐《おそ》ろしく険悪だ。

花音に気付いた藍が、こちらに歩いてきた。

「お疲《つか》れさま、花音。これで配架《はいか》作業はほとんど終わったね」

「はい！　藍様、本当にありがとうございました」

花音が頭を下げると、藍はその頭を優《やさ》しく撫《な》でた。

「仕事を思い出したから、また明日《あした》くるよ」

「あっ、だいじょうぶですよ、藍様。配架も、あとは一人でなんとかできる量ですし……」

藍は花音の手を握った。

「最後まで手伝うよ。『花草子』のこともあるしね」

（そうだった）

一気に気持ちが萎《しぼ》む。結局、『花草子』は出てきていない。

そして、花音は握られた手の冷たさにハッと思い出す。

（藍様に指圧をしてさしあげるんだったわ）

藍の手の冷たさは、疲労《ひろう》を感じさせる。

「……そうですね！　指圧をするってお約束しましたし」

花音は藍を元気づけるように明るく言った。

「明日、指圧させてくださいね。あたしこう見えて、指圧、上手《うま》いんですよ。あ——そうだ！」

花音は閃《ひらめ》いた。陽玉の時と同じように。

急いで目当ての書架《しょか》に行くと、一冊の薄《うす》い冊子を持ってきた。この本が秘めているのは「笑い」だ。

「これ、お時間あるときに読んでみてください」

「僕に？」

「はい。たまにはバカみたいなお話に笑うっていうのも、いいものですよ。疲れなんか吹《ふ》き飛んじゃいますから」

花音は、にかっと笑った。

藍が出ていった後も、紅は黙《だま》ったまま絡繰《からく》り書架の前に立っていた。

「ねえ、藍様とはどういう関係なの？」

花音の問いに答えず、紅はふい、と衣《ころも》の裾《すそ》を翻《ひるがえ》してこちらに歩いてきた。

今日も着流した絹綾《きぬあや》織の白鈍《しろにび》の深衣に紅い紗上衣という奇妙《きみょう》な格好をしているが、肩からかけた紗上衣が翻った瞬間《しゅんかん》——腰《こし》に佩《は》いた剣が見えた。

その姿は、飾《かざ》り物ではなく本当に剣が使えるであろうことを感じさせた。

長い衣の裾を剣で引っかけることもなく、また歩き方や動きに剣の重さを感じさせない。

「おまえこそ、やけに親密そうだったな」

紅の言い方にはなぜか棘《とげ》があった。花音は溜息《ためいき》をついた。

「ねえ、藍様は『花草子』を華月堂に探しにきているのよ。『花草子』を悪用されないためにね。紅だって、目的は同じなんじゃないの？　なんでそんなにトゲトゲしてるのよ」

明日も二人が鉢《はち》合わせしたらこんなに冷えた空気になるのかと思うと、気が重い。

「同じ内侍省の官人同士、もっと協力っていうか、友好的にしたら？」

「いやだね」

花音は溜息をついた。

「なんでそんな童《こども》みたいに……」

「もういい」

紅はそう言うと花音を振り返りもせず、開いている扉《とびら》から出ていってしまった。

「紅！」

花音はすぐに扉まで駆《か》けよったが、そこにはすでに誰《だれ》もいない。

誰もいない薄闇《うすやみ》の庭院《にわ》に、瑞香《ずいこう》の花の匂《にお》いが強くたちこめている。月は黒雲に隠《かく》れて、見えない。

今夜は花時雨《しぐれ》になるかもしれない、と思う。

侵入者《しんにゅう》も雨なら来ないだろう。

そう思っても心細いのは、居てほしい人が出ていってしまったからかもしれない――と花音がぼんやり思った時、地面を叩《たた》く雨音がした。

大粒《おおつぶ》の雨が、階《きざはし》を、瑞香の垣根《かきね》をあっという間に濡《ぬ》らしていく。

花音は扉を開けたまま、その光景を呆然《ぼうぜん》と見ていた。

雨の中、戻《もど》ってくる人影《ひとかげ》がないかと薄闇に目をこらして。

どれくらい、そうしていただろう。

「……やらなきゃ」

いつまでもここでたたずんでいるわけにはいかなかった。

確かめなくてはならないことがある。

後ろ髪《がみ》ひかれる思いで、花音はのろのろと扉を閉めた。鍵《かぎ》はかけない。戻ってくるかもしれない人のために。

気を引き締《し》め直し、事務室へ行く。暗い中、手探りで自分の事務卓子《たくし》まで行くと、緊急《きんきゅう》用に使う手燭《てしょく》を取り出し、火を点《つ》ける。通常、紙の本を扱《あつか》う蔵書楼《ろう》では火気厳禁だが、緊急時に短時間の使用は認められている。

溶《と》けた蠟《ろう》が雪崩《なだれ》のようになり、小さな火がちろちろと燃えるだけの手燭を持ち、花音はあの梃《てこ》の場所まで行った。

小さな灯《あか》りを頼《たよ》りに梃を動かすと、書架がなめらかに動く音がした。

手燭をかざし、現れた隠し書架を上から下までゆっくりと照らしていく。

(……あのとき、見間違《みまちが》えたのでなければ)

藍と隠し書架を発見した直後、視界の隅《すみ》に引っかかったもの。

じじ、と蠟の芯《しん》の燃える音がする。

火をかざした隠し書架の下段に、それはあった。

丁寧《ていねい》に周囲の本を取りのけ、埋《う》もれている目的の本を取りだす。

それは、臙脂《えんじ》色の革《かわ》表紙が美しい本。

やや日に焼けた表紙は、題名こそ消えかけているものの、精緻《せいち》に描《えが》かれた大輪の花模様が素晴《すば》らしい。花音の視界の隅に引っかかったのは、この花模様だった。

(やっぱり、あの日に見たのと同じ花模様だわ)

そして、中を開いた花音は頁を次々にめくって、頷《うなず》いた。

「罪人でもあり、君子でもある――伯言様の言った意味が、わかったかもしれない」

幕間◆赤と青

「……なんで今夜に限って雨なんだよ」

華月堂《かげつどう》の軒下《のきした》で、紅《こう》は苦笑する。

裏口の階に腰掛《こしか》け、鞘《さや》ごと剣《けん》を腰から抜《ぬ》き、柄《つか》の上に両 掌《てのひら》と顎《あご》をのせた。

「罰《ばつ》だな」

何の咎《とが》もない花音《かのん》につっかかったことの。

「なんであんなこと言ったんだオレ」

今更《いまさら》ながら、頭を抱《かか》える。

少し早めに華月堂へ行って花音を驚《おどろ》かせようとしただけだったのに。

すでにあの男がいて、花音と親しげに話していた。それだけでもムッとしたのに、あの男が花音の肩《かた》に触《ふ》れて。

花音が他《ほか》の男、しかもあいつに触れられるなど、我慢《がまん》できなかった。

狂《くる》おしいほどの焦燥感《しょうそうかん》。こんなことは初めてで。

花音の顔を見たとき、どうしていいかわからなかった。

抱《だ》きしめたいのか、距離《きょり》をとりたいのか。

だからつい、あんな嫌《いや》なことを言ってしまった。

時間を巻き戻したいほどに後悔《こうかい》していた。花音は呆《あき》れているだろう。

「自業《じごう》自得だな」

それは仕方がない。

しかし、華月堂から離《はな》れるわけにはいかなかった。

昼間の清秋殿《せいしゅうでん》の話からすると、蠟蜂《ろうほう》はごく近いうちに動くだろう。

今夜か、明日の晩か。

「オレがここに来るかぎり、花音には指一本触れさせはしないが……」

潮時かもしれない。

できれば蠟蜂から切り崩《くず》したかった。だからここまで引き延ばしたのだが。

「花音に危険が及《およ》ぶなら、ここで時間切れだな」

持っている切り札を手放せば、華月堂に、花音に、危険が及ぶことはなくなるだろう。

軒下にも雨が吹《ふ》きこんでくる。雨脚《あまあし》が強くなったようだ。

衣の濡《ぬ》れた部分から体温を奪《うば》われるが、そんなことは気にならなかった。感覚を研《と》ぎ澄《す》ませ、周囲に気を配る。

『呪《のろ》い』をエサにした狩《か》りは、この機にやってしまいたい。後宮の不穏《ふおん》分子を少しでも減らし、後顧《こうこ》の憂《うれ》いを断《た》つ。

一方で、権力の亡者《もうじゃ》に大切なものを奪われるわけにはいかない。かつて非力だった自分は、ある日突然《とつぜん》大切なものをほとんどすべて奪われた。今は、それを阻止《そし》するだけの力が自分の手にはある。

あの寝顔《ねがお》をなんとしても守らなくては――紅は、剣を片手に立ち上がった。


「…………『ものぐさ童子』？」

花音が渡《わた》してくれた小冊子は、藍が幼い頃《ころ》に読んだ記憶《きおく》のある昔話だった。

ものぐさな童がすぐれた頭脳とどこか憎《にく》めない達者な口調で大人たちをやり込め、ついには長者の娘《むすめ》と結婚《けっこん》して村を安泰《あんたい》に治める、といった他愛《たわい》もない内容だ。

当時はくだらない話だとすぐに忘れてしまったような昔話。

しかしこれが、今の藍には面白《おもしろ》おかしく、思わず声を上げて笑ってしまった。

「――こんなに笑ったのは、久しぶりだな」

気が付くと、肩の力が抜けて身体《からだ》が楽になっていた。

自分でも気付かないうちに疲労《ひろう》が凝《こ》り固まっていたらしい。

これだけ探しても『花草子』が見つからないのは、鳳伯言《ほうはくげん》かあの男が持ち去ったからだと、藍は見当をつけていた。

鳳伯言ならいい。得体が知れないが、秘《ひそ》かに父の側近であることは間違《まちが》いがないから、鳳伯言が持っているなら問題ない。

しかし、あの男が持っているとしたら。

何を考えてあの男が『花草子』を持ち去ったのか藍にはわからなかった。

朝議にも参加したことがなく、ふらふらと遊び歩いているあの男が、母の遺言《ゆいごん》を気にしているとは思えない。ならば、なぜ持ち去ったのか。

昔から、何を考えているのかわからなかった。ふざけているように見えて、たいした努力もせずに何事も要領よくやってしまうあの男が藍は気に入らなかった。

今もそうだ。藍が苦しんでいるのを横目に、あの男は飄々《ひょうひょう》と刀を佩《お》びて現れた。あの少女の護衛だと言ったとき、いつも以上にあの男に対する憎悪《ぞうお》の念が強くなった。

あの男は、相変わらず藍に対して敵意を隠《かく》さない。

あの男が、赤の皇子派である爽夏《そうか》殿あたりに『花草子』を持ちこんだとしたら、花祭りで藍の身が危ない。そう考えて、探りや対策に忙殺《ぼうさつ》されているうちに疲労が凝っていったのだろう。

藍は首を回して深呼吸する。久しぶりにまともに空気を吸ったような心地《ここち》がした。

この本を渡す時に花音が見せた茶目っ気ある笑顔を思い出して、藍は自然と顔が綻《ほころ》んだ。

不思議な少女だ、と思う。

あの少女の藍に対する態度には、一切《いっさい》の打算がない。それは藍にとって、おそらく人生で初めての経験だ。

心のどこかで、いつも願ってきた。皇子ではなくただ一人の存在として扱《あつか》ってもらうことを。

あの少女は当たり前のようにその願いを叶《かな》えてくれる。

くるくるとよく動く仕草で。いきいきとした翡翠《ひすい》色の双眸《そうぼう》で。しなやかで、決して折れることのない強い心で。

白《はく》花音を利用するために近付いた——という言葉が、自分への言い訳になっていることに、藍はふと気付く。

利用するためじゃない。

あの愛らしい少女に会いたい——その一心で、自分は華月堂に足を向けているのだ。

四日目◆『花草子』の真相と朧月夜の凶刃

「へえ、よく片付いたじゃない」

翌日、出仕してきた伯言《はくげん》の言葉に花音《かのん》は耳を疑った。

「え？　今なんて言いました伯言様？　も一回、も一回言ってください！」

「うるさいわねえ」

しっしと花音を扇子《せんす》で追い払《はら》いつつ、片付いた室内を隈《くま》なく点検し、伯言は受付の籐椅《とうい》子《す》に座った。

「これなら、明日開室できる」

「本当ですか⁉」

（開室できる……これで徽章《きしょう》がもらえる！）

花音は思わず飛び上がった。

「さっそく、開室の告知を後宮中に出してもらうよう、尚儀局《しょうぎ》に申請《しんせい》してくるわ」

踵《きびす》を返そうとした伯言の袍《ほう》の裾《すそ》を、花音はがっちりつかんだ。

「……なによ」

「少々お聞きしたいことが」

花音は伯言の袍の裾を持ったまま、絡繰《からく》り書架《しょか》の前に立った。

「きのう、蔵書室内の家具を動かしたら、この飾《かざ》り棚《だな》の下にこんな物がありました」

花音は飾り棚を動かす。現れた床《ゆか》の梃《てこ》を、伯言は無言で見た。

花音は、その梃を動かした。

絡繰りが動く硬《かた》い音と共に、書架が横滑《すべ》りに動き、隠《かく》し書架が現れる。

「――やっぱり、驚《おどろ》かないんですね」

端整《たんせい》な顔が動かないのを見て、花音は言った。

「知っていたんですね、伯言様」

伯言は扇《おうぎ》で口元を隠して澄《す》ました。

「当たり前でしょ。あたしは華月堂《こ こ》の司書長官よ」

「じゃあ、このことも御存《ごぞん》じでしたよね？」

花音は懐《ふところ》から大事そうに出したものを、伯言に差し出す。

「ここにありました」

「……よく見つけたわね」

「『花草子《はなぞうし》』は罪人でもあり、君子でもある――伯言様のおっしゃった意味が、たぶんわかりました」

伯言は鋼《はがね》色の瞳《ひとみ》でじっと花音を見た。口元は扇で隠れていて、表情はわからないが。

「ここまでやったんだから、あともう少しがんばんなさい」

そう言った伯言の表情は決して不機嫌《ふきげん》ではなかったのは、気のせいではないだろう。

伯言はその後、尚儀局に行ったきり戻《もど》ってこなかったが、そんなことは気にならないほど花音の気持ちは高まっていた。

「『呪本《じゅほん》』の『花草子』、見つかりますように」

花音は祈る気持ちで、残ったわずかな本の山に向かった。


「開室の運びになってよかったね」

やってきた藍《らん》は開口一番そう言ってくれたが、花音は申し訳ない気持ちでうつむいた。

「ごめんなさい」

藍が来る前に床からすべての本がなくなり、修繕《しゅうぜん》の必要な本を除いて配架《はいか》は終了《しゅうりょう》した。

しかし藍が探している『花草子』は、結局見つからなかった。

「いいんだ。花音のせいじゃない。もう気にしなくていいよ」

「でも……」

「本は、すべて書架から出されていた。すべて確認して配架したのに無いということは、おそらく、もっと前に誰《だれ》かが持ち去ったんだと思う」

確信したように藍は言う。

「とにかく『花草子』のことはもう心配しないで。別の経路で探してみる。大丈夫《だいじょうぶ》、必ず見つけて誰にも悪用させないようにするから。よけいな心配をかけて悪かったね」

「そんな！　とんでもないことです……」

花音は深く頭を下げる。

依頼《いらい》された本を探す、という司書女官《にょかん》としての初業務。その初業務への熱意がなかったら、こんなに早くあの大量配架を終えることはできなかっただろう。

「藍様は思いやりがあって、仕事もきちんとしていて、立ち居振《ふ》る舞《ま》いが美しくて、あたし、後宮に勤める者として心から見習いたいって思いました」

直属の上司が鬼《おに》だったから、よけいに藍の仕事ぶりや人柄《ひとがら》に憧《あこが》れた。

「でも藍様、たまには肩《かた》の力抜《ぬ》いて、楽にしてくださいね。いつも緊張《きんちょう》し通しだと、倒《たお》れちゃうんじゃないかって心配ですから」

「僕は……緊張している？」

藍は驚いたように言った。

「はい。いつも張りつめていらっしゃいます」

「そうか。緊張しているか」

藍は覆面《ふくめん》の下で苦笑したようだった。

「自分では気付かなかったが……そうかもしれない。花音は、僕のことを見ててくれたんだね」

（無自覚なんだわ、藍様……）

きっと張りつめすぎて、自分が緊張していることに気付けないのだろう。

藍のきちんとした所作や態度はとても感じがいいし憧れるが、今にも切れてしまいそうな糸のような、危《あや》うさを感じる。

花音はずっと、それが気になっていた。

藍が、気を休めることはできないものだろうか、と。

「そうだ！　藍様、お約束の指圧、させてください」

「え、だが……」

「ほら、早く早く、こちらに座ってください！」

受付脇《わき》のお勧《すす》め本を読む場所へ藍の手を引き、並べた椅子《いす》に座らせる。

「では、失礼します」

花音は藍の肩に手を置いて、凝《こ》っているところを探そうと手を滑《すべ》らせて目を瞠《みは》った。

「藍様、ものすごく凝ってます。もうどこが凝っているのかわからないくらい。これはお辛《つら》いでしょう」

「花音には隠《かく》せないな」

藍は花音のなすがままに身を任せている。

「すごく気持ちがいい……これからは華月堂に来る度《たび》に、花音に指圧をお願いしようかな」

「あたしでお役に立てるなら、もちろん喜んでやりますよ！」

藍は細いように見えて、肩や腕《うで》がかなり鍛《きた》えられている。

（やっぱり、武術の稽古《けいこ》をしていらっしゃる……しかも、かなり）

若い頃《ころ》に禁軍に出仕していたことがあるという父・遠雷《えんらい》の肩をよく指圧した花音は、藍の身体《からだ》が労働ではなく武術で鍛錬《たんれん》されたものだとわかった。

宦官《かんがん》は、武官と文官でその役目がはっきりと分かれるという。

文官の超《ちょう》高官の藍が、なぜ武官のように鍛錬しているのか、そこには何か事情があるのだろう。

藍がいつも張りつめているように感じるのは、その事情のせいかもしれない。

花音は、にっこり微笑《ほほえ》んだ。

「藍様、華月堂に息抜《いきぬ》きがてら来てくださいね。誰かと話したり、他愛《たわい》もない本を読むだけで楽になることって、意外とあるんですよ」

藍は、そういえば、と頷《うなず》く。

「『ものぐさ童子』、面白《おもしろ》かったたな。童《こども》の頃読んだときは、なんとも思わなかったのに、なぜか妙《みょう》に笑えた」

「でしょう？　本って、不思議な力があるんですよ」

花音は得意げに胸を張った。そんな花音に、藍は笑う。

「花音。君という人は、本当に――」

「え？　ごめんなさい藍様、痛いですか？」

藍の肩を揉《も》む手に力が入り過ぎたと、花音はあわてて手を離《はな》す。

「――いや、なんでもない。続けてほしい」

「そうですか？　もう少し力、弱くしますね」

花音は再び指圧に集中する。

藍が覆面の下で、愛《いと》おしげに自分を見上げていることなど、知るはずもなかった。


月は黒雲に隠れ、空は朧《おぼろ》に霞《かす》んでいる。

予定していた仕上げ作業をほぼ終えた花音は、女官寮《りょう》に帰ろうと荷物を整理していた。

少ない私物をまとめるのに時間はかからず、花音は事務室の長椅子《ながいす》に座って、夕方後宮厨《くりや》でもらってきた包み飯を食べていた。

事務室の開いた扉《とびら》から、薄《うす》暗い蔵書室をちらちら気にしていた。鍵《かぎ》はかけていない。

昨日の夜、結局紅《こう》は、戻ってこなかった。

(雨、だいじょうぶだったかな。濡《ぬ》れて風邪《かぜ》ひいてないかな)

宦官の寮は西街、東街にある女官寮とは正反対にあるが、吉祥宮《きっしょうぐう》を出た場所であることは同じだ。華月堂《かげつどう》からはけっこうな距離《きょり》があり、昨夜の雨ではかなり濡れただろう。

(……でも)

紅はひどく不機嫌だった。体調がよくても、もうここへは来ないかもしれない。

『呪本』の『花草子』は結局見つからなかった。花音を護衛する必要もなくなった今、藍と同じく、紅がここに来る理由はもう無いのだ。

そう思った瞬間《しゅんかん》、胸が押しつぶされそうに痛んだ。じっとしていられなくて、花音は立ち上がった。

蔵書室に入ると、ムっとした湿気《しっけ》が身体にまとわりつく。

「今夜も雨が降るかもしれないわね」

春の天気は変わりやすい。花音は、室内の高窓を閉めるため、梯子《はしご》を移動させようとした。

「――こんばんは」

ふいに耳元でささやかれた声に花音は凍《こお》り付く。

低い、蜂《はち》の羽音のような不愉快《ふゆかい》な声。これは――。

「蠟蜂《ろうほう》、さん」

「覚えていていただいて、光栄です。ついでに私がお願いしたことも覚えていらっしゃいますか」

一瞬《いっしゅん》の動きで蠟蜂は花音のすぐ横に立ち、花音の首筋に刃《やいば》を突《つ》きつける。

(震《ふる》えるな、足)

自分を叱咤《しった》し、花音は毅然《きぜん》と顔を上げた。

「貴方《あなた》がお探しの『花草子』は見つかりませんでした。華月堂にはなかったみたいです。申し訳ございません」

「それは困りました」

蠟蜂の左頰《ほほ》の傷がわずかに歪《ゆが》んだ。

「あれは長い間ずっとこの華月堂に秘せられ、受け継《つ》がれ、飼われてきた呪《のろ》い。あれは、後宮というこの閉じられた世界で生きる人々の希望なのです。それを失《な》くしたとあっては、司書女官としての責任は重いですよ」

「あ、あたし失くしてなんか……っ！」

「失くしてないなら出してもらうまで」

薄闇《やみ》に、衣《ころも》の裂《さ》ける細い音が響《ひび》く。

「貴方が『花草子』を出すまで一筋一筋、斬《き》らせていただきます」

花音は戦慄《せんりつ》した。ぎらりと闇を照らす刃が、花音の裙《くん》を裂いている。

能面のような顔に表情はない。なんの感情もない絡繰《からく》り人形のような動きに、花音は背筋が凍り付いた。

(『花草子』が出てくるまで、この人は眉《まゆ》一つ動かさずにあたしを斬るわ……!)

関わると斬られる、と伯言が言っていたのは、こういうことだったのか。

蠟蜂は、目的のためなら手段を選ばない人間だ、と。

「さあ、『花草子』をお出しください」

蠟蜂はまた一筋、花音の襦に筋を入れる。今度は桜色の襦《じゅ》の襟元《えりもと》に大きく裂け目が入る。

まるで薄皮《うすかわ》一枚を剝《は》ぐかのような剣《けん》の動きに足が震えた。

(こんなことに負けない。こんな人に負けない)

恐怖《きょうふ》と共に腹の底からふつふつと熱いものが沸《わ》いてくる。その熱さが身体の震えを抑《おさ》えてくれた。

花音は深く息を吸いこんだ。

「本当に、華月堂にはないんです。もしあったとしても……貴方には渡《わた》さない」

蠟蜂の動きが止まった。

「本は、人に知識を伝えるもの。その内容が毒の知識であっても、それをどう使うかは人次第。本を悪用しようとすることは、司書女官《にょかん》として見過ごすわけにはいきません」

言い切ると同時に鋭《するど》い音が闇に響いた。切っ先は裙を深く裂き、夜目に花音の華奢《きゃしゃ》な白い脚《あし》が浮《う》かび上がる。

「……っ！」

「小娘《こむすめ》の能書きはけっこう。『花草子』を早く出すがよい。次は衣だけでは済まぬやもしれぬぞ」

無表情で言って、蠟蜂が剣を動かそうとしたときだ。

突然《とつぜん》の衝撃《しょうげき》と共に花音は床《ゆか》に倒《たお》れた。

同時に闇の中で剣戟《けんげき》の鋭い音がする。

「私の剣を弾《はじ》くとは……何者だ！」

怒《いか》りと驚愕《きょうがく》に蠟蜂は震えているが、身動きができない。

蠟蜂の斬撃《ざんげき》を弾いた剣の切っ先が、ひたと蠟蜂の眉間《みけん》に突き付けられているからだ。

「いくら帯刀が許されている身でも、丸腰《まるごし》の人間を斬りつけるのは罪に値《あたい》するのでは？」

――この声。低い、どこか甘い笑みを含《ふく》んだ、この声は。

「紅!?」

その長身の陰《かげ》に花音を隠《かく》すように剣を構えて立つのは、紅だった。

「……これはこれは。ご機嫌麗《きげんうるわ》しゅう」

蠟蜂はゆっくりと剣を鞘《さや》に収め、膝《ひざ》をついた。

「巡回中《じゅんかい》ではない帯刀は、いくら楊《よう》中書令の犬であるおまえでも処罰《しょばつ》対象となる。それくらいわかっているだろう」

「おそれながら、白《はく》司書が華月堂の貴本を紛失《ふんしつ》した疑いがあり、それについて尋問《じんもん》しておりましたゆえ、正当な巡回かと」

慇懃《いんぎん》な屁理屈《へりくつ》を述べる赤黒い姿を睥睨《へいげい》し、紅は懐《ふところ》から巾着《きんちゃく》を取り出す。

それは紅が花音に預けていた、あの巾着だ。

「おまえの探し物は、これか？」

言いながら、紅は中身を取り出して蠟蜂の目の前に突き付けた。

刹那《せつな》、場の空気が固まった。花音も、蠟蜂でさえ、息を呑《の》んだ。

やや日に焼けてはいるものの、状態の良い臙脂《えんじ》色の革表紙《かわ》には、大輪の花模様と共に『花草子』という題名が見えた。

くつくつと、蠟蜂の嗤《わら》い声が闇に響いた。

「ついに見つけたぞ……どんな望みも叶《かな》える呪本《じゅほん》。その本さえあれば何をしても許される。そう……こんなことも！」

速すぎて見えなかった。ぎらりと光ったのは蠟蜂の剣だったか。

鋭い剣戟の音が何度も響く。刹那、大きく剣が交わる硬《かた》い音と共に、扉の外へ二つの影《かげ》が飛び出した。

「紅！」

花音が外へ駆《か》けたときには、蠟蜂は地面に倒れ伏《ふ》していた。

「柄《つか》で打っただけだ。失神している」

紅は懐から笛を出すと、音を拡散させるように吹《ふ》き鳴らした。三度鳴らされるその高い音は後宮内での異変の報《しら》せ。侍衛《じえい》を集めるための警笛だ。

「やっぱり、あの巾着の中身は『花草子』だったのね」

花音の言葉に紅は振《ふ》り返ったが、何も言わない。

「どうして……？」

責めたのではない。ただ、不思議だった。

紅は、最初から持っていたのだ。『花草子』を。

「言っただろ。オレの仕事は呪《のろ》いを回収することだと」

「あ……」

そういえば、言っていた。誰《だれ》の味方でもなく、ただ呪いを回収するだけだと。

「だが、この件に関しては黒幕を白日の下《もと》にさらしたかった。だから回収した呪本――『花草子』をエサに、清秋殿《せいしゅうでん》に事を起こさせようとしたんだ。『花草子』を清秋殿に流せば、必ず花祭りかそれより前に赤の皇子と夏妃《かひ》に手を出すはずだからな」

「でもそれでは夏妃が……夏妃だけでなく、赤の皇子も危険にさらすことになるわ」

「夏妃はともかく、赤の皇子にはそれくらいの覚悟《かくご》はある。後宮と朝廷《ちょうてい》に巣くう魔物《まもの》を炙《あぶ》りだすためなら、自らが囮《おとり》になるくらいの覚悟がなくては皇族とは言えん」

ずいぶん確信的な言い方だ。紅は赤の皇子とつながりがあるのかもしれない。

「だが、オレが『花草子』を持っていることを暗赫《あんかく》に知られてしまってな。仕方なく一時手放した。追われているところを心優《やさ》しい司書女官に預かってもらって、無事に暗赫の手から逃《のが》れられた」

紅は悪戯《いたずら》っぽく笑《え》む。

「そういうことだったのね……」

「『花草子』は後宮を平和にするため、朝廷で権力を振《ふ》りかざす貴族を征《せい》するため、どうしても必要な『鍵《かぎ》』だからな」

「あの巾着の中身が、まさか『花草子』だとは思わなかったわ」

命より大事な物だと、あのとき紅は言った。

後宮や皇城の人々を守るための『鍵』と考えたからこそ、紅は回収したまま『花草子』を持ち続けた。持っていればまた暗赫に追われるかもしれず、危険なことも承知で。

(だから、あたしに言わなかったんだ。藍様にも)

花音と藍が『花草子』を探しているとわかっても、その危険性ゆえに紅は言わなかったのだろう。

「でも、オレとしたことが、少し目測を誤った。おまえを守ると言っておいて、危険な目に遭《あ》わせてしまった」

紅は弱く微笑《ほほえ》んだ。

その紫《むらさき》色の双眸《そうぼう》は、切ないほどに哀《かな》しげで。

「『花草子』を手にすれば必ず清秋殿は動く。だから今夜、『花草子』は清秋殿へ送りこむ手筈《てはず》になっていたんだが、蟷蜂が動くのが先になってしまって……すまない」

心から、紅が花音にあやまっているのが伝わってきて。

(紅の馬鹿《ばか》。あやまらないでよ)

あやまられたら――文句言えなくなるじゃない。

こみあげるものを抑えるように、花音は語気を強めた。

「ほ、ほんとよ。偉《えら》そうに護衛するとか言っておいて。でも、でも別に、貴方《あなた》の護衛なんかなくても、ぜんぜん平気、だったし」

声を詰《つ》まらせる花音を、紅はそっと抱《だ》き寄せた。

「……怖《こわ》かっただろ。ごめんな」

「――――！」

こらえきれず、花音は紅の胸で声を上げて泣いた。

そんな花音を紅は黙《だま》って優しく抱きしめた。

しばらくすると、瑞香《ずいこう》の垣根《かきね》の向こうから物々しい音と松明《たいまつ》の明かりが現れた。警笛を聞きつけた内侍《ないじ》省の暗赫と禁軍十六衛の侍衛が続々と集まってくる。

「この者は華月堂に押し入り、盗《ぬす》みを働こうとしたばかりか司書に危害を加えた」

紅は失神している蠟蜂を足で転がす。慌《あわ》てている暗赫をよそに禁軍十六衛の侍衛が蠟蜂を引き立てていった。

武官たちの姿を見送りつつ、紅は片腕《かたうで》の中の花音にぽつぽつと話した。

「『花草子』は昔から、この後宮で多くの命を奪《うば》ってきた。その回収と処分を遺言《ゆいごん》した人物も、『花草子』に殺された」

花音は紅を見上げる。

「じゃあ、もうずっと前に『花草子』を持ち出していた？」

「まあな。入宮《にゆうぐう》式の少し前だ。絡繰《からく》り書架《しよか》の奥にあるのはわかっていたから。花祭りで悪用されることは目に見えていたしな」

「言ってくれればよかったのに……」

花音は疲弊《ひへい》の溜息《ためいき》をつく。紅が持っているとわかっていれば、いろいろと気を揉《も》んだり探したりしないで済んだ。

「伯言に知られたくなかったから」

紅は苦笑する。

「あの男はよくわからない。敵じゃないことは確かなんだが、どうにも……やりにくい。あの男も『花草子』を探していたようだし、オレが持っていると言ったら『出せ』とか言われそうで」

どうやら紅は伯言が苦手らしい。花音は少し笑った。

「なんだよ」

「いや、さすが伯言様だな、って」

紅を恐《おそ》れさせるとは。

「それで……どうするの？　『花草子』」

「ひとまず今夜はとりやめるが、明日にも清秋殿へ届けさせる。話した通り、清秋殿の企《たくら》みを暴《あば》くのに使うためだ。その後に処分する」

「そっか」

呪本と恐れられてきた本だ。処分されて然《しか》るべきなのだろう。しかし花音は本が処分されることにやはり胸の痛みを感じる。

「一つ、お願いがあるんだけど」

「『花草子』を……少しだけあたしに預けてもらえない？」

紅は目を見開く。

「ダメだ。またおまえを危険にさらすことになる。あれを狙《ねら》っているのは蠟蜂だけじゃない。清秋殿だけでもない。あれは昏《くら》い願いを持った者を引き寄せてしまう。持っているだけで危険だ。そういう本だ」

花音の肩《かた》に置かれた紅の手に、力がこもる。

「紅……」

その手から、熱い想《おも》いが花音に流れこんできて、胸が震《ふる》える。

紅が花音を心の底から心配してくれているのがわかる。けれど。

花音は顔を上げ、紅を真っすぐ見上げた。

「本は、人に世界の真実や知識を伝える物。その内容が毒の知識であっても、それをどう使うかは人の心次第《しだい》でしょう？『花草子』自体が人を傷つけるわけじゃない」

「花音……」

「あたしは司書女官《にょかん》として『花草子』が伝えようとしている真実をこの目で確かめたいの。お願い。今夜だけ、あたしに『花草子』を貸してください」

花音は頭を下げる。一拍《いっぱく》後、頭上から紅の溜息が聞こえた。

「ほんっとにおまえは本の虫を通り越《こ》して本バカだな」

口調とは逆に、紅は花音を優しく抱き起こす。

「一つ、提案がある」

「提案？」

「蠟蜂が捕《つか》まった。今夜、清秋殿に『花草子』を流さないとすると、清秋殿はどうするだろうな？　奴《やつ》らは『花草子』が華月堂にあると思っている」

花音は少し考えて、ある可能性に目を瞠《みは》った。

「もしかして、まさか……英琳《えいりん》さんを？」

紅は頷《うなず》く。

「清秋殿で立ち聞きした話の中でも、あの虐待《ぎゃくたい》している女官に『花草子』を扱《あつか》わせようとしていただろ。『花草子』を欲《ほっ》する者たちがどういう動きをするのかはわからないが、清秋殿があの英琳という女官を華月堂に寄越《よこ》すのはほぼ確実だと思う」

「そんな……」

「これは、やや賭《か》けでもあるが」

紅が話す計略を花音は黙って聞いていた。

花音はじっと考えこみ、頷く。

「そうだね。もし、それがうまくいくなら、一網打尽《いちもうだじん》だね」

「だが、おまえが危険な目に遭う可能性が高い。しかし今夜おまえに『花草子』を預けていくなら、花祭りまで時間の無い今、この計略に賭けたい。ただし、ぜったいに一人で動かないと約束するなら、だ。おまえがまた間一髪《かんいっぱつ》の危機にさらされるのは……オレの心臓に悪い」

紅は花音の肩を抱《だ》く手に力をこめた。

「そうまでして、今夜『花草子』を手元に置きたいのか？」

心配そうな紅の眼差《まなざ》しに一瞬《いっしゅん》戸惑《とまど》うが、花音は大きく頷いた。

「司書女官として、真実をつきとめたいの」

「花音……」

「それに、その計略なら英琳さんを救うことができる。だから紅、その計略に賭けさせて」

紅はじっと花音を見つめていたが、花音の決心が固いことを悟《さと》ったのか、『花草子』の入った巾着《きんちゃく》と牙笛《きば》を取り出し、花音の手にしっかりと押し付ける。

「予想通りに状況《じょうきょう》が進んだら、牙笛を短く五回、強く吹《ふ》け。いいか、ぜったいに一人で動くなよ」

「わかった」

花音が頷くと、紅は花音の髪《かみ》をくしゃ、と撫《な》でた。

「蠟蜂が捕まっただと？」

秋妃《しゅうひ》の寝支度《ねじたく》を整えていた清秋殿の女官長の手が止まった。

「して、蠟蜂は」

「十六衛からの侍衛《じえい》たちが刑部《けいぶ》に連行したと」

「なんということだ」

清秋殿の女官長は褥《しとね》の裾《すそ》を思い切り引っ張った。

「あの忌々《いまいま》しい新人司書女官が持っているに違《ちが》いないというのに……こうなったら何がなんでも華月堂から『花草子』を奪ってこなくては、時に猶予《ゆうよ》がない。――わかっておろうな」

清秋殿の女官長は、獲物《えもの》を狙う爬虫《はちゅう》類のような目つきで背後を振《ふ》り返る。

そこには、女官が平伏《へいふく》している。その女官の髻《たぶさ》で、瑪瑙《めのう》の簪《かんざし》が揺《ゆ》れた。

五日目◆花を結ぶ

漆黒《しっこく》の高官服を一分の隙《すき》なく着こなした伯言《はくげん》に、花音《かのん》は驚嘆《きょうたん》の声を上げた。

「伯言様、貴公子みたいですよ！」

白色の扇子《せんす》がぴしりと肩を打つ。

「失礼ねっ。みたい、じゃなくて貴公子なのよっ」

宦官《かんがん》ですよね、というツッコミはさておき、花音が昨夜の報告をしようとすると、伯言が扇子で制した。

「捕《と》り物騒《さわ》ぎがあったようね」

宮闈局《きゅうい》や刑部から報告があったのだろう。伯言は一通りのことを知っていた。

花音の襦裙《じゅくん》が新調されていることを確認し、怪我《けが》はなかったのかと上司らしい心遣《づか》いを見せてくれたことに花音は驚《おどろ》いた。

「女官服は残念なことになりましたけど、あたしはぜんぜんだいじょうぶです！　この通りほら、ぴんぴんしてます！」

伯言の心遣いが嬉《うれ》しくて三割増しくらいに元気を盛り付けると、鬱陶《うっとう》しい顔をされた。

「はいはい、元気なのはわかったわよ。まったく、あんたがきてから華月堂《かげつどう》が騒々《そうぞう》しくてかなわないわ」

「す、すみません……」

うつむく花音の肩に、白色の扇子が労《ねぎら》うように軽く触《ふ》れる。

「でもよくやったわ。あの陰気《いんき》臭《くさ》い蠟蜂《ろうほう》を後宮から追っ払《ぱら》った功績は大きいわよ」

追っ払ったのは紅《こう》であるが、花音はうれしくなってつい尋《たず》ねる。

「じゃ、じゃあ、徽章《きしょう》、もらえます⁉」

すると間髪《かんぱつ》いれず扇子でぴしり、と肩を打たれる。

「何言ってんの。開室してからの仕事ぶりを見てからよ。さ、準備してちょうだい」

(そんなに簡単にくれないってわかってるけど……わかってるけどっ)

ちょっぴりがっかりしつつ、しかしやっと少しだけ伯言に認められたことがうれしく、花音はいそいそと開室準備を始めた。

高窓を開け、書架《しょか》の埃《ほこり》を払《はら》い、梯子《はしご》を拭《ふ》き、床《ゆか》を拭き、閲覧《えつらん》用の椅子《いす》をきちんと並べ終わる。事務室の窓から差しこむ朝の陽射《ひざ》しの中で、漆黒の高官服姿の鳳《ほう》伯言は長椅子に座って水筒《すいとう》から湯気の上がる茶を飲んでいる。

「終わりました」

花音が報告すると伯言は蔵書室へ向かい、中を歩き回った。

清められた室内に春の朝陽《あさひ》が筋となって差し、空気までもが清浄《せいじょう》に感じる。

「ま、いいでしょ」

花音を振り返り、伯言は微笑《ほほえ》んだ。

「五日で開室にこぎつけたことはほめたげる。正直できると思ってなかったわ」

（言った本人も無茶振りだってわかってたのね……）

花音は思わず顔が引きつった。

しかし終わってしまえば本の位置も覚えたし、家具の配置も変えられたし、あとは実際に事務仕事だけ覚えれば——。

「——って、あれ？」

そう、あとは事務仕事を覚えれば完璧《かんぺき》なほどに、今の花音は華月堂を自分の場所として使えるようになっている。

そしてそれは、伯言が仕事をまったく手伝わない鬼《おに》上司っぷりだったからこそ、と言える。

それは計算されたものなのかわからないが、確実に花音を一人前の司書へと近付けさせた行為だ。

「伯言様……ありがとうございます」

白色の扇子を手の中で弄《いら》い、書架の間を歩くその後ろ姿を、花音はまじまじと見る。

「もしかして花祭りまで二日の猶予があるのも……」

花祭りは女官宮女《にょかん》から宦官に至るまで、後宮に住む人々みんなが楽しみにしている行事だという。

日々の仕事に忙《いそが》しい彼女たち彼たちは、花祭りの輿《こし》行列を観覧するための作法や、髪の結《ゆ》い方、飾《かざ》り方の本を参考にするのだという。

華月堂で本を見るためには、華月堂が花祭りまでに開室する必要がある。日にちに猶予があった方がより多くの女官宮女宦官が来訪できる。

「伯言様……本当は、優《やさ》しい人なんですね」

伯言は書架を見上げていた目を花音へ向け、ふん、と鼻を鳴らした。

「そんなこと言っても、徽章はまだ出ないわよ」

扇子で隠《かく》れている口元の表情は見えないが、伯言の声は穏《おだ》やかだ。

室の奥、半二階に上がる階《きざはし》の手前で、伯言はおもむろに止まり、そこに配された椅子に腰《こし》かけた。

「呪本《じゅほん》『花草子《はなぞうし》』、見つかったんでしょ」

花音はぎくりとする。

「どうしてそれを……！」

「あんたは顔にダダ漏《も》れだからよ。それじゃ後宮で生き残れないって言ったでしょう」

伯言は呆《あき》れたように息を吐《は》く。

「で？　何かあたしに聞きたいんじゃないの」

（そこまでお見通しなのね……）

花音は懐《ふところ》から生成《きな》りの巾着《きんちゃく》を出し、そこから臙脂《えんじ》色の本を取り出す。

「呪本『花草子』。古語も交じっているので、かなり昔の本なのかなと推察します。装丁《そうてい》から頁まで獣《けもの》の革で製作されているので、状態は良好です」

伯言は軽く眉《まゆ》を上げた。

「完璧な見立てよ。それで？」

「たぶん、伯言様は御存《ごぞん》じだと思いますが、これは植物についての本で、載《の》っているのはすべて毒草です。害獣駆除《がいじゅうくじょ》のための処方、そして人への致死《ちし》量も明記されています。これを読めば誰《だれ》でも毒を作れる。難しい薬典を読んだり、危険を冒《おか》して後宮に毒薬を持ちこむ必要もなく殺人が可能になる」

伯言は静かに扇子を閉じる。

「そうね。それが『花草子』が呪本と言われる所以《ゆえん》よ。証拠《しょうこ》も危険もなく人を殺すことができる方法が、華月堂にはある——長い間、後宮で語り継《つ》がれてきた噂《うわさ》。噂は、他《ほか》の噂のように言葉という曖昧《あいまい》な手に取れないものではなく、本という形で手に取れる真実だった」

淡々《たんたん》と話す伯言に、花音は思い切って言ってみた。

「あたし、気付いたことがあるんです」

伯言の形の良い眉がわずかに上がった。

『『花草子』を最後まで読みました。お話しした通り、証拠の残らない毒薬の作り方が載っていました。でも、違《ちが》う一面もある」

「違う一面？」

「はい。例えばトリカブトは言わずと知れた猛毒《もうどく》で、『花草子』でも人への致死量と症状《しょうじょう》が記されています。けれど、トリカブトは八味地黄丸《はちみじおうがん》などの漢方薬にも使われる薬草だとも、『花草子』には明記されているんです。

　確実に人や獣を殺す、毒の作り方が載っている一方で、珍《めずら》しい食材、貴重な薬草の調理法、滋養《じよう》のつく料理の作り方も明記されている。

『花草子』には、こういう二面性がある。

　伯言様が言った『罪人でもあり、君子でもある』という喩《たと》えは、このことを示しているんじゃないですか？」

「……それで、結論は？」

　伯言は、口元を扇子《せんす》で隠している。鋼《はがね》色の双眸《そうぼう》だけが、鋭《するど》く光った。

　花音は伯言の鋭い眼差《まなざ》しをしっかり受け止め、口を開いた。

「伯言様。『花草子』は、本当は――」

始業の鐘《かね》が鳴ると同時に、階《きざはし》の前に並んでいた人々が続々と入ってきた。

華月堂、開室である。

多くは女官だが、中には宮女もいる。物珍しそうな顔で蔵書室内をそぞろ歩く宦官《かんがん》の姿もちらほら見える。

色とりどりの襦裙《じゅくん》が蔵書室内を往来するのを見て、花音は嬉《うれ》しくなった。

（本は多くの人の手に取ってもらってこそ輝《かがや》くものなんだなぁ）

孤独《こどく》に本を手にしてきた花音にとって、他人が本を手に取る姿を見ることは新鮮《しんせん》な喜びだった。

蔵書室内はあっという間に人でいっぱいになった。やはり、衣裳《いしょう》や花についての本の書架に多く人が集まっている。

その中に橙《だいだい》色の集団を見つけて、花音は駆《か》け寄った。

「英琳《えいりん》さん！」

たおやかな顔がこちらを向いて、嬉しそうに微笑んだ。

「英琳さん、身体《からだ》は、だいじょうぶ？」

橙色の襦裙の女官たちに目をやりつつ花音はこっそり尋《たず》ねる。先日の秋妃《しゅうひ》の癇癪《かんしゃく》に当たられていたからか、英琳は顔色が悪かった。

「え、ええ。もちろんですわ。花音さんこそ、無事に開室できてよかったですわね」

「ありがとうございます」

よかった、と英琳は微笑み、その微笑みのまま声を少し落とした。

「時に花音さん、あの本はありまして？」

「あの本？」

「先日お話しした、呪本『花草子』です」

「花草子……」

（やっぱり）

英琳は花音の顔をじっとうかがっている。その表情は、花を結んでくださいねと花音に微笑んだあの英琳のものではない、張りつめた表情。

紅の読みが当たったのかもしれない、と花音が身構えたとき、英琳がさらに声を低くした。

「あるのでしょう？　お貸しいただけないでしょうか？」

英琳の目は血走り、鬼気迫《ききせま》る顔をしている。

「お願い。『花草子』、貸してください」

英琳は花音の手を握《にぎ》った。ほっそりした手からは想像もつかないくらい強い力。

「ご、ごめんなさい、英琳さん。あの本は貸すことができないの」

英琳の手をやんわりほどこうとして、花音はぎょっとした。

その白く細い腕《うで》には、赤紫《あかむらさき》や青の痣《あざ》が無数に散っている。

英琳は慌《あわ》ててその手をひっこめた。

「英琳さん、その腕は」

そのとき鋭い呼び声がした。清秋殿《せいしゅうでん》の人々が扉《とびら》近くで英琳を呼んでいる。

「ごめんなさい、行かなきゃ」

「待って英琳さん！　どうして『花草子』が必要なの？」

英琳は一瞬《いっしゅん》立ち止まったが、とうとう振《ふ》り向くことなく行ってしまった。


正午の鐘が鳴る頃《ころ》には、花音はぐったりしていた。

「はあ～い、お疲《つか》れさま～」

伯言が扇子をひらひらさせて事務室に入ってきた。

「伯言様は朝と変わらずつややかですね……」

ずっと受付で優雅《ゆうが》に座っているだけだった伯言へ嫌味《いやみ》のつもりで言ったが、鬼《おに》上司は涼《すず》しい顔でさらに言う。

「やあだ花音、午後もあるのよ。そんなに疲れてだらしない。死んだ魚みたいな顔になってるわよ」

「………………」

もはや疲労《ひろう》で言葉も出ない。

「あっ、そうそう、頼《たの》んでおいたお昼、調達してきてくれた？」

「……はい、ここに」

花音はドスのきいた声でずい、と伯言の前に籠《かご》を押し出した。

いい匂《にお》いのする籠をのぞいた伯言が歓声《かんせい》を上げた。

「いいっ、いいわねえ、この点心盛り合わせ！　花巻でしょ、菜餅《もち》に春巻に海老《えび》焼売《シューマイ》！　それと胡麻《ごま》団子！　もう完璧《かんぺき》！　今日のあんたの仕事で一番いい仕事っぷりよ！」

花音は引きつった笑《え》みを浮《う》かべ「どうぞ召《め》し上がってください」と言った。

（さすが陽玉《ようぎょく》）

花音がいびられないように鬼上司が大絶賛するような昼餉《ひるげ》を見繕《みつくろ》う、と陽玉は言っていたのだった。

上機嫌《じょうきげん》で点心に箸《はし》を伸《の》ばす伯言を見つつ、花音も箸を取り、陽玉の嬉しそうな顔を思い出す。

「『龍昇《りゅうしょう》国今昔《こんじゃく》物語集』、すごく面白《おもしろ》いよ」

陽玉は目をキラキラさせて言った。

「小さい頃に聞いたことある話とか、小学《がっこう》で習った話とかあって、すごく懐《なつ》かしくなった。いろんなことを思い出したよ。そうしたらなんかね、最近もやっとしてた疲れが吹《ふ》き飛んだ感じでね」

『龍昇国今昔物語集』に秘められた「郷愁《きょうしゅう》」を、陽玉も感じとってくれたのだ。

本が秘めている力を、初めて誰《だれ》かと共有した喜びに、花音は胸が熱くなった。

伯言が海老焼売をすべて食べてしまっても、許すことができるくらいに。

英琳が再びやってきたのは、午後も遅《おそ》くなってから、もう西日の色が濃《こ》くなり始めてからだった。

花音は他《ほか》の女官《にょかん》の本探しを手伝っていた。

「あちらに、貸出帳がありますので、お名前と所属を記入していただけますか」

そう案内して別の仕事をしようとすると「受付に誰もいない」と言われ、いつの間にか伯言がいなくなったことに気付き、あたふたと書架《しょか》と受付を行ったり来たりし、受付で貸出帳の記入を点検していてふと顔を上げると——英琳が扉から出ていくところだったのだ。

「英琳さん？」

花音が受付を出て声を掛《か》けると、目に見えて英琳は肩《かた》をぎくりとさせた。

「か、花音さん」

英琳は、何か恐《おそ》ろしいものを見たように目を見開いている。

（いつの間に来てたんだろう）

「英琳さん、あの……」

花音は、思い切って言った。

「よけいなことかもしれないんですけど、あたしでよかったら、なんでも言ってください！　さっきの英琳さんの腕……秋妃様ですよね」

英琳が目を逸《そ》らす。

「一人で悩《なや》まずに、って英琳さんもあたしに言ってくれたじゃないですか。あたしも、いつでも話聞きますから！　だから──」

懸命《けんめい》に言い募《つの》る花音の手を、英琳がそっと握った。袖《そで》口から、赤や青の痣が散った痛々しい腕が見える。

「ありがとう。うれしいわ。本当に」

英琳は、弱々しく微笑んだ。

「花音さんとお会いできてよかった。……ごめんなさいね」

哀《かな》しそうに謝る英琳に、花音はかける言葉がなく、華月堂の扉が目の前で閉じるのを見ているしかなかった。


終業の鐘《かね》が皇城の鐘楼《しょうろう》から響《ひび》いてくる。

「終わった……とにかく無事に初日が終わったわ」

途中《とちゅう》、いつの間にか消えていた伯言が戻《もど》ってきて、有職故実《ゆうそくこじつ》の書を山のように引っ張り出して「尚儀局《しょうぎ》まで運ぶわよ」と言いつつ、台車に積んだ本はすべて花音に牽《ひ》かせるという鬼上司っぷりを発揮されたが、それ以外はつつがなく一日が終わった。

「あとは」

事務室の抽斗《ひきだし》に手をかける。ここには『花草子』がしまってある。

賭《か》けだ、と言った紅の言葉が脳裏《のうり》をよぎった。

花音は大きく息を吸いこみ、そっと抽斗を開けた。

「……ない」

『花草子』は、消えていた。

「英琳さん……やっぱり」

英琳が自主的に『花草子』を持ち出すとは考えにくい。秋妃や清秋殿の女官長から指示されたに違《ちが》いない。

そしておそらく、清秋殿でこっそり聞いてしまった話の通り、その先にある暗殺という罪も、英琳が背負うように仕組まれているのだろう。そうだとすると、英琳はすでに行動に移っている可能性が高い。すでに日は暮れていた。英琳が華月堂を出てから、かなり時間が経《た》っている。

花音は外に出て、紅の指示通りに牙笛《きば》を吹いた。

「どうしよう」

紅が華月堂《ここ》へ到着《とうちゃく》するまでの時間も、今は惜《お》しい。英琳の哀しそうな微笑《ほほえ》みが頭から離《はな》れず、花音はいても立ってもいられなくなった。

「ごめん、紅。——させないよ、英琳さん」

花音は急いで清秋殿へ向かった。


黒雲が、朧《おぼろ》な月を時折ちらと見せながら流れていく。

「雲の動きが速い……一雨あるかも」

夜闇《よやみ》の中、花音は走った。

清秋殿の屋根瓦《がわら》の輪郭《りんかく》が見えてくる頃には、空からぱらぱらと雨粒《あまつぶ》が落ちてきた。

花音は、梛《なぎ》の木の前で立ち止まった。英琳がいつでも花を結んで、と言ったその木の枝に、道端《みちばた》に咲《さ》いていた白い勿忘草《わすれなぐさ》を手折《たお》ってそっと結んだ。

「英琳さんと約束したのに」

相談事があったら、ここに花を結びましょう、と。

上司が鬼《おに》でも仕事が山積みでも、花音は一人ではなかった。陽玉や藍や紅、そして実は伯言も、花音を助けてくれていた。

(一人で辛《つら》かったのは、英琳さんだ)

英琳のために花を結べばよかった。英琳と話をするために。

自分のことで精いっぱいで、それに気付けなかった自分が情けなかった。思えば、英琳の微笑みはいつもどこか哀しそうだったのに。

この前、爽夏《そうか》殿に侵入《しんにゅう》したときは、梛の木の裏の土塀《どべい》が崩《くず》れていた。おそらく大きく張り出した根っこが脆《もろ》い土塀を圧《お》し崩したのだろう。案の定、清秋殿も同じように梛の木の裏の土塀が崩れていた。花音はそこから清秋殿の敷地《しきち》に入った。

薄暗《うす》い庭院《にわ》を、木々の影《かげ》に隠《かく》れて足早に進みながら花音は考えた。

(毒を作るとしたら……英琳さんの部屋か、厨《くりや》)

英琳に私室があるかどうかわからない。私室は、かなり高位の女官でないと持てないと聞いたことがある。清秋殿の厨を確認するのが先だ。

（後宮を舞台《ぶたい》にした物語だと、妃嬪《ひひん》の殿舎《でんしゃ》には小さいけど専用の厨があったはず）

そこで妃嬪の軽食や酒肴《しゅこう》、茶会の準備などをするのだ。厨は殿舎の裏とされるので、だいたいの場合主殿《しゅでん》に近い裏にある設定となっていた。

雨がはっきりと音を立てて降り始め、清秋殿の主殿では女官たちが吊灯籠《つりどうろう》を廂《ひさし》の奥へとあわただしく移動させる物音が聞こえた。

やがて、主殿を過ぎた北側の、清秋殿の裏門に近い場所で、まるで闇にうずくまるように建つ小さな小屋を見つけた。

小屋からは、明かりが漏《も》れている。竈《かまど》の煙《けむり》を逃《に》がす煙突《えんとつ》があり、外に薪《まき》が積んである。

（やった、当たり！　後宮物語読んでおいてよかったわ）

近付くとそこは小さな石造りの半分蔵のような建物で、そこからわずかに石をすり合わせる音がしていた。そっと近付き、扉《とびら》の嵌《は》め格子《ごうし》から中を覗《のぞ》く。

中は土間と小さな小上がりの座敷《ざしき》があり、土間には竈と、積まれた野菜や籠《かご》に入った果物、酒や味噌《みそ》らしき甕《かめ》がいくつも置いてある。

小上がりの縁《ふち》に、見覚えのある植物が無造作に積まれていた。その傍《そば》には薬研《やげん》があり、臙脂《えんじ》色の装丁《そうてい》の本が置いてある。『花草子』だ。

（あの植物は夾竹桃《きょうちくとう》……確か、『花草子』に載《の》っていたわ）

後宮内だけでなく故郷でもよく目にした夾竹桃は、実は花から木、実や根にいたるまですべてに猛毒《もうどく》を含《ふく》むという。

そして、夾竹桃の束を手に取り、小刀で葉と枝を熱心に分けているのは――英琳だった。

「英琳さん！」

英琳が、こちらを見上げた。驚愕《きょうがく》の表情を浮《う》かべる。

「か、花音さん」

花音は扉を開いて英琳に駆《か》け寄った。

「ダメです英琳さん！　毒なんか作ったら――」

「邪魔《じゃま》しないで！」

悲鳴に近いその叫《さけ》びに、花音は思わず後じさる。

「こうするしかないの。妹を助けるにはこうするしか……！」

英琳は虚空《こくう》の一点を凝視《ぎょうし》している。その瞳《ひとみ》は、闇しか映っていないのではと思えるほど昏《くら》い。

「皇宮《こうぐう》の薬草園の薬草が、妹の病に効くの。薬草の仕送りを続けるためには清秋殿の女官《にょかん》長の言う通りにするしかない。秋妃様の御勘気《ごかんき》のお相手をするのと同じように……！」

花音は愕然《がくぜん》とする。

「じゃあ、英琳さんは清秋殿の女官長に言われて、秋妃様の御勘気の当たり役をさせられていたの？」

英琳は弱々しく微笑んだ。

「花音さん。私のこと、気にかけてくれて嬉《うれ》しかった。試挙組《しきょ》と蔑《さげす》まれていつも汚《きたな》い仕事をやらされる、この冷たい沼底《ぬま》のような清秋殿で束《つか》の間、温かいものに触《ふ》れることができたと思ったわ……」

すらり、と何かが光った。

英琳が、握《にぎ》っていた小刀を振《ふ》り上げたのだと気付いて、身体《からだ》が反射的に動いた。が、足がもつれて転んでしまう。

「ごめんなさいごめんなさい花音さん！」

転んだ花音の上に、再び英琳が小刀を振り上げた。花音は必死で身をよじった。一瞬《いっしゅん》前まで花音がいた場所に小刀が振り下ろされ、土間を鋭《するど》い音と共に穿《うが》つ。

「私が後宮にいる間に両親は亡《な》くなってしまった！　妹は一人なの！　私が助けてやらなくては！」

「英琳さんやめて！　落ち着いて話を聞いて！」

憑《つ》かれたように小刀を振るう英琳に、花音の言葉は届かない。

（どうすれば……！）

夾竹桃の枝に裙《くん》が引っかかり、花音は小上がりの縁に倒《たお》れた。そこに英琳が立ちふさがる。

「花音さんごめんなさい……！」

降り下ろされた小刀に、花音が思わず目をつぶった——刹那《せつな》。

「……謝るなら、やめておけ」

静かな声が、耳朶《じだ》を打った。

小刀を持つ英琳の手は、花音の頭上で大きな手につかまれていた。

「紅！」

「馬鹿《ばか》っ、ひとりで動くなって言っただろうがっ」

その剣幕《けんまく》に花音はびくりと肩《かた》を震《ふる》わせる。

「ご、ごめん……」

「ったく、他人のことには気を配るくせに自分の心配はしないんだからな——だが間に合ってよかった」

紅が英琳の手首に力をこめると、英琳の手から小刀が落ちた。紅はそれを拾って、泣き崩れる英琳に厳しい視線を落とす。

「自分の想《おも》いを通したいなら、迷うな。決断に自信を持て。謝るくらいなら、やめろ。中途半端《ちゆうとはんぱ》な覚悟《かくご》では誰《だれ》も救えないし、誰かを傷つける」

静かに、しかし強く言い聞かせるような紅を、英琳は目が飛び出さんばかりにまじまじと見ていたが、すぐに地面にひれ伏《ふ》し、叩頭《こうとう》する。

花音はその意味を測りかねて、おそるおそる呼びかけた。

「英琳さん？」

「皇子殿下《でんか》の御前《ごぜん》とは知らず、大変ご無礼を致《いた》しました！」

「…………………え？」

紅はきまり悪そうに頭をかく。

「だから出てきたくなかったんだが」

「……ええぇ——っっっ！」

闇《やみ》の蔵に、花音の驚愕《きょうがく》の叫びがひびく。

「お、おお皇子って……だってそんな、どうして言ってくれなかったの⁉　いや、くださらなかったのですか⁉」

数々の非礼無礼が思い出される。首が飛ぶかもしれない。花音は思わず首を押さえた。

「……言ったらそうやって構えられるのが嫌《いや》だったから。それと、動きにくくなるし」

(そうだ、紅は秋妃様と清秋殿の女官長様の企《たくら》みを探っていた)

宦官《かんがん》の袍《ほう》は変装だったのだろう。宦官ならどの殿舎に出入りしても怪《あや》しまれない。

紅は地面に倒れた花音を抱《だ》き起して、平伏《へいふく》している英琳に言った。

「これは秋妃や清秋殿の女官長からの指示なんだろう？」

「な、なぜそれを……」

「作った毒を何に使うか聞いているか？」

英琳はかぶりを振った。

「いいえ、何に使うかまでは。秋妃様と女官長の日頃《ひごろ》の会話から、だいたい予想はついておりますが……」

うつむいた英琳を見て、紅は声音《こわね》を柔《やわ》らかくした。

「心配するな。おまえは完全な被害者《ひがいしゃ》だ。毒を煎《せん》じるのも、妹のことで脅《おど》されて仕方なくやったこと。おまえが罪に問われることはない。だから詳《くわ》しく教えてくれ」

英琳は頷《うなず》いた。

「『花草子』を見て、清秋殿の敷地《しきち》にある材料を使ってできる毒を作れ、と。他《ほか》の四季殿《しきでん》の殿舎や、後宮のあちこちに生えているような、ありふれた植物がいいと。清秋殿の女官長様に指示されました」

花音と紅は顔を見合わせた。

「とすると、作らせた毒を混入するのは清秋殿の女官長だな。おそらく、花祭りの膳《ぜん》に秋妃の苦手な食材がないか調べるとかなんとか理由をつけて後宮厨《くりや》へ行き、そこで混入するつもりなんだろう。で、食事の介添《かいぞ》えは英琳にやらせ、何かあれば英琳に全責任を負わせる、と。つくづく悪知恵《ぢえ》だけは働く奴《やつ》だな、あの女官長は」

紅は呆《あき》れたように言った。

「後宮厨か……」

花音はしばし考えて、顔を上げてにんまり笑《え》んだ。

「英琳さん、心配しないで。予定通り、英琳さんが作った『毒』は清秋殿の女官長様にお渡《わた》ししましょう」

「えっ」

「なんだって？」

絶句する英琳と紅に花音は頷く。

「英琳さん、ちょっとここで待っててくれますか？　華月堂に取りに行きたい物があるんです」

「それは、かまいませんが……」

心配げな英琳の手を握って、花音は微笑《ほほえ》んだ。

「毒を以《もっ》て毒を制するです。本に秘められている真実や力を、悪用なんかさせない。協力してくれますか？」

六日目◆覆面の下の素顔

「……『花草子《はなぞうし》』を持っていた人物は、実は赤の皇子だった、と？」

事務室の長椅子《ながいす》で恒例《こうれい》の朝のお茶を飲みながら、伯言《はくげん》は片眉《まゆ》を上げた。

「はい。だいぶ前に『花草子』を隠《かく》し書架《しょか》から持ち出していたそうです」

「ふうん」

「伯言様、気付いていたんですよね？」

視線が合う。あっさりと諦《あきら》めたように伯言は肩をすくめた。

「まあね。たぶん赤の皇子……紅壮《こうそう》様がお持ちになったのかな、と思っていたわよ。確かめたわけじゃないから確信はなかったけど」

(紅《こう》の本当の名は、紅壮……)

とくん、と胸が高鳴る。

「あんた、紅壮様とここで出会ったんでしょ？」

「ど、どうしてそれを御存《ごぞん》じで」

動揺《どうよう》する花音《かのん》を気にも留めず、伯言は鋼《はがね》色の目をわずかに細めた。まるで遠くの景色を見るように。

「紅壮様の……赤の皇子にとって、華月堂《かげつどう》は憩《いこ》いの場なの」

伯言は水筒《すいとう》を卓子《たくし》に置いた。

「双子《ふたご》の皇子、藍悠《らんゆう》様と紅壮様。容姿は見分けがつかないくらいよく似ていらっしゃるけど、性格はまったく違《ちが》うお二人でね」

伯言の鋼色の双眸《そうぼう》は、やはりどこか遠くを見ている。

「わかりやすく言えば藍悠様は非の打ちどころのない優等生、紅壮様はだらしない遊び人。当然世間の多くの期待は藍悠様に集まっているわ」

花音も、その話は陽玉《ようぎょく》から聞いていた。でも、と伯言は言う。

「それは、紅壮様が計算してやっていることとの結果なの」

「計算……ですか？」

伯言は頷く。

「遊び人に徹《てっ》し、藍悠様こそが次の帝《みかど》である、と周囲に思わせること。紅壮様はそれが皇族としての自分の役割だと思っているみたいでね」

「どうしてそんなこと」

「世継《よつ》ぎ騒動《そうどう》にありがちな、無駄《むだ》で無益な争いが嫌だったんでしょうね。大貴族に担《かつ》ぎ出されて踊《おど》らされる、なんて馬鹿馬鹿《ばかばか》しいことを最も嫌《きら》う御方《おかた》だから」

（……確かに）

これまでの紅の言動を思い出し、花音は妙《みょう》に納得《なっとく》する。

「お忍《しの》びで花街に頻繁《ひんぱん》に出かけるのは事実。けれど、それは見せかけ。世間の人々が想像することなんて何ひとつ無いのよ。紅壮様は食事時以外は妓女《ぎじょ》を寄せ付けず、妓楼《ろう》の最上階でひがな一日書を読みふけっているそうだから」

「そうだったんですね……」

しかし妓楼の最上階で妓女も呼ばずに読書とは、遊郭《ゆうかく》にしてみれば迷惑《めいわく》な客である。

「朝議には一切出ないけど、政《まつりごと》のことも実はちゃんと把握《はあく》している。藍悠様一人を帝位継承《けいしょう》者に仕立てようとしていることも、その表れよ。若い自分たちが老獪《ろうかい》な大貴族の傀儡《かいらい》にならないよう、龍《りゅう》帝家内部に楔《くさび》を打ち込まれないように、とね」

紅の立ち位置は、政の現状を見渡《わた》し、まだ若い自分たち皇子が大貴族に呑《の》みこまれないための確実な一手なのだ。

それでも宋《そう》大将軍のように、対立する勢力と対抗《たいこう》するために自分を立てようとする者は出てくる。争いを生む。だから、紅は呪《のろ》いの回収を己《おのれ》の使命とし、早々に『花草子』を持ち出したのだろう。

「紅……壮様は、実はとても聡明《そうめい》でいらっしゃるのでは」

伯言は鋼色の双眸を細めて頷いた。

「本来、静かに読書をするのが何よりも好きな御方なのよ。小さい頃《ころ》から華月堂にもよく足を運んでいたというわ。母上様が亡《な》くなられてからはよけいに。だから知っていたんでしょうね。『花草子』のことも、どこに隠《かく》されているかも」

それで、と伯言は言った。

「そんな話をするなんて、あたしに何か言いたいことがあるんでしょう？」

「言いたいことというか……ご協力を賜《たまわ》りたくて」

「協力？」

「司書女官《にょかん》として、本が悪用されるのを見過ごすわけにはいきませんので」

「ふうん」

だったら、と伯言は花音の背後に視線を送る。

「あの方にも、お話しした方がいいかもよ？」

花音が振《ふ》り向くと、そこには覆面《ふくめん》の濃緑《こいみどり》の袍《ほう》姿が立っていた。

「おはよう、花音」

近づいてきた藍が花音の隣《となり》に立つと、伯言は長椅子から下りて床《ゆか》に膝《ひざ》をついた。

「それから、鳳《ほう》司書長官。やっと、こうして面と向かって会ってくれたね。機会をうかがっても、貴方《あなた》はいつも風のようにいなくなってしまうから。今上帝の懐刀《ふところがたな》と秘《ひそ》かに言われる貴方に、僕もやっと認めてもらえるってことなのかな？」

花音はぎょっとして伯言を振り返る。

(それは本当なのですか伯言様⁉)

「滅相《めっそう》もございません。この伯言、一介《いっかい》の司書として龍帝家にお仕えする者。青の皇子殿《でん》下《か》の御尊顔《ごそんがん》を拝し恐悦至極《きょうえつしごく》に存じます」

慇懃《いんぎん》に、しかし言われたことを否定しない伯言は、優雅《ゆうが》に跪拝《きはい》する。

(伯言様、やっぱりタダ者じゃなかったのね……)

至高の存在の側近が何故《なぜ》に閑職《かんしょく》の華月堂に、という疑問がよぎったが、それよりも、と花音は伯言に倣《なら》って跪拝する。

その花音の頭上から、困ったような優《やさ》しい声が降ってきた。

「もう僕の正体がわかってしまったね」

「数々の御《ご》無礼、御容赦《ごようしゃ》くださいませ——青の皇子殿下」

これまでのいろいろなこと——配架《はいか》を手伝わせたり家具を動かさせたり、指圧までしてしまった——が走馬灯のように脳裏《のうり》を回り、花音はどっと汗《あせ》が出る思いだが、藍《らん》——否《いな》、青の皇子には頼《たの》まなくてはならないことがある。

「この上、図々《ずうずう》しくもまだお願いしたき儀《ぎ》があるのですが、どうかお許しいただけますでしょうか」

「顔を上げて、花音」

藍が、おもむろに覆面を取った。

「…………!」

紅とまったく同じ顔が、目の前にあった。

双子だからと予想はしていたが、こんなにも美しい顔が世の中にもう一つあることに思わず息を吞む。

「僕の本当の名は、藍悠」

名を呼んでほしい、と青の皇子──藍悠は言った。

「今までと同じように接してくれて、名を呼んでくれたら、願いはなんでも聞こう」

「えっ⁉」

今までと同じように接するなんて、ましてや名前を呼ぶなんで不敬すぎて無理──と胸の内で花音は叫《さけ》ぶ。が。

「花音には、ずっと傍《そば》にいてほしいんだ」

憂《うれ》いを帯びた双眸で見つめられ、胸がきゅうと締《し》め付けられた。

刹那《せつな》、芳香《ほうこう》と力強い腕《うで》に抱《だ》きしめられ、身動きが取れなくなる。

(青の皇子殿下⁉)

突然《とつぜん》のことに頭が真っ白になる。

「僕はずっと、君のような人を待っていた。やっと見つけた。だからもう、離《はな》さない」

（いやいやいや、伯言様もいるし！　話途中《とちゅう》だし！）

「あ、あのっ、ど、どうかひとまず、お離しください……」

「名を呼んでくれるなら、離す」

伯言が大きく咳払《せきばら》いした。

「殿下がここまで言ってくださってるんだから、御意《ぎょい》に従ったら？」

ここはあれこれ考えている場合じゃない。離してもらうには不敬を承知で名を呼ぶしかない。

「あの、じゃあ……藍悠様」

ふ、と抱きしめられていた力が抜《ぬ》ける。

「なんだい？」

青の皇子は身体《からだ》を離し、うれしそうに花音を見つめた。

「ええと……あたしの願いを、聞いていただけますか？　花祭りで誰《だれ》も傷つくことのないように」

「もちろん。花音の願いなら、なんでも聞こう」

破顔する麗貌《れいぼう》に、伯言が、おそれながら、と苦笑する。

「あまりうちの新人を甘やかさないでくださいますように」

藍悠は呆《あき》れたように肩《かた》をすくめた。

「伯言は素直《すなお》じゃないな。花音は特別な新人だって、もうわかっているんだろう？　なにせ一人でここまで開室準備をやってのけ、花祭りの波乱を収めてくれようとしているんだから。これは甘やかしではなく、協力だ。母上の遺言《ゆいごん》を守ることにもつながる」

（遺言？）

花音の表情を見て、藍悠は微笑《ほほえ》む。

『『花草子』を回収し、処分するというのは母上——今は亡き皇后の願いなんだ。だから僕は花祭りで波乱が起きるのを防ぐために『花草子』を探していた。どうやら先を越《こ》されてしまっていたようだが」

そう言って藍悠は伯言を見た。

「私ではございません」

伯言は首を振る。

「じゃあ、やっぱりあいつか」

藍悠は嫌《いや》そうに顔をしかめた。

（あいつ、って、紅のことよね）

先日、華月堂で鉢合《はちあ》わせしたときのことを思い出し、花音は顔が引きつる。かなり兄弟仲が悪いらしい。

「あいつに先を越されたのは腹立たしいが……『花草子』が謀略《ぼうりゃく》を巡《めぐ》らす輩《やから》の手に渡《わた》った

のでないなら、ひとまずよしとしよう」

花音は深々と頭《こうべ》を垂れ、藍悠に臙脂《えんじ》色の装丁《そうてい》の本を差し出す。藍悠は目を瞠《みは》った。

「……これは！」

「遅《おそ》くなってすみません。『花草子』、お約束通りお渡しします――と言いたいところなのですが、花祭りが終わるまで、この本をあたしにお貸しいただけないでしょうか？」

藍悠は一瞬《いっしゅん》、驚《おどろ》いたように眉《まゆ》を上げたが、もちろん、と頷《うなず》いた。

その藍悠と伯言を、花音は交互《こうご》に見る。

「ありがとうございます。その上で、藍悠様と伯言様にそれぞれ、お願いがあるのですが――」

花音の話に、伯言は扇子《せんす》の下で懸命《けんめい》に笑いをこらえ、藍悠は苦虫を嚙《か》みつぶしたような顔になった。


後宮厨《くりや》をのぞくと、陽玉がすぐに花音に気付いた。周りの女官たちから何か言われながらこちらに来る。

「ごめんね、陽玉。忙《いそが》しかったんじゃない？　抜けたらまずかったんじゃないの？」

「ちがうちがう。みんなもね、本を貸してほしいんだって」

「……え？」

「わたしが花音に貸してもらった『龍昇《りゅうしょう》国今昔《こんじゃく》物語集』を見せたら、読書好きの子たちが夢中になってね。花音に貸してもらったこと話したら、自分たちも借りたいって」

数人の女官《にょかん》たちがこちらを気にしつつ作業をしている。

「みんなわたしと一緒《いっしょ》なんだ。本が読みたい、でも借りに行く時間がないし、何を読んだらいいのかわからない、ってね。だからこれからも花音が配達してくれたらすごく助かるし、うれしいんだけど……」

遠慮《えんりょ》がちに言う陽玉の手を、花音はしっかり握《にぎ》った。

「もちろん！　これからも配達するよ！　他の人たちの本も！」

「いいの？」

「うん。本を読むのが楽しい、って言ってもらえて、あたしもうれしいから」

花音は気が付いたのだ。

誰かと本を読む楽しさを共有することで、一人で読むときよりも満ち足りた、ほっこり温かな気持ちになることに。

「じゃあ、ますます張り切って花音にご飯作っちゃうから、何でも言って」

陽玉は腕まくりをして胸を張る。

花音は笑うと、少し声を低めた。

「さっそくなんだけど、陽玉にお願いがあるの。──あたしのご飯についてじゃなくて、明日《あした》の花祭りの御膳《ごぜん》について」

「えっ？　花祭りの御膳って、どういうこと？」

花音は陽玉の手を取り、周囲をうかがい、尚食《しょうしょく》女官の休憩《きゅうけい》場所にやってくる。女官が三人ほど集まって賑《にぎ》やかにおしゃべりしている以外、誰もいない。

いちばん隅《すみ》の卓子《たくし》に陽玉と座り、花音は懐《ふところ》から臙脂色の装丁の本を取り出した。

「ちょっと危険なことなんだけど、上の許可は取ってあるから──」

花音が本を見せて話し始めると、陽玉の顔は好奇心《こうきしん》で輝《かがや》きだした。

七日目◆花祭り

翌日。

後宮は朝から、花祭り一色の雰囲気《ふんいき》に染まっていた。

四季殿《しきでん》では、殿舎《でんしゃ》の周囲に花を象《かたど》った吊灯籠《つりどうろう》が並び、門には色とりどりの飾《かざ》りが吊《つ》るされ、春風に揺《ゆ》れている。そこへ桜の花びらが舞《ま》い散って、吉祥宮《きっしょうぐう》の華《はな》やかさを増している。

輿《こし》行列が通る道は塵《ちり》一つなく掃《は》き清められ、後宮厨からは多くの女官が華やかな装《よそお》いで仁寿殿《じんじゅでん》まで行き来し、宴《うたげ》の御馳走《ごちそう》を運んだ。多くの女官宮女宦官《かんがん》が、輿行列を見物するために仕事を早く切り上げようと、いつにも増して忙しそうに行き交っている。

――そんな吉祥宮、清秋殿《せいしゅうでん》の一室。

「花音《かのん》さん、とっても綺麗《きれい》よ」

言われて、花音はむずがゆいような、恥《は》ずかしいような気持ちになる。

濃橙《こいだいだい》の長い裙《くん》を胸元まで引き上げ、そこに銀杏紋《いちょうもん》の織られた絹の上衣、夕焼けの色が霞《かすみ》になったような被帛《ひはく》。それらは花音の色の白さと翡翠《ひすい》の瞳《ひとみ》を際立《きわだ》たせた。清秋殿高位女官用の衣裳《いしょう》だ。

妃嬪《ひひん》といってもおかしくないその様子に、着替《きが》えを手伝っていた薄橙襦裙《じゅくん》の新人女官たちも思わずほう、と溜息《ためいき》をつく。

「い、いえっ、馬子《まご》にも衣裳です！　あたし故郷の村では嫁《よめ》の貰《もら》い手がなかったくらいなのでっ」

「それは土地の美の条件が花音さんに合ってなかっただけですよ。少なくともこの宝珠皇《ほうじゅこう》宮《ぐう》においては、花音さんの容姿は誰が見ても美しいこと間違《まちが》いなしです。――ほら」

渡された手鏡をのぞきこんで、花音は目を見開いた。

「これが、あたし……？」

淡《あわ》く化粧《けしょう》をした自分が、別人に見える。

「仕上げですわ」

花音の髪《かみ》に、瑪瑙《めのう》の簪《かんざし》がそっと差される。

「よくお似合いです。お美しさでは私など足元にも及《およ》びませんが、この簪を差して下を向いていれば私に見えます」

薄橙襦裙に着替えた英琳《えいりん》はにっこり微笑み、花音の手を取った。

「椥《なぎ》の木に、勿忘草《わすれなぐさ》を結んでくださいましたね」

「気付いてくださったんですか？」

英琳が気付いてくれたことに、花音は嬉《うれ》しくなった。

「あたし、自分のことばかりで英琳さんの苦しみに気付けなくて……ごめんなさい」

花音の言葉に、そんな、と英琳は涙《なみだ》ぐむ。花音は微笑んだ。

『花言葉之書』によると、勿忘草の花言葉は恋愛《れんあい》にちなむものが多いんですが、『真実の友情』っていうのもあるんですよ。これからは、英琳さんのお話たくさん聞かせてくださ い。愚痴《ぐち》でもなんでも」

「ありがとう花音さん……本当に、ありがとう」

花音の手を握る英琳の腕《うで》には、まだ痛々しい痣《あざ》が無数にある。けれど、英琳の顔は明るい涙に濡《ぬ》れていた。

花音も、英琳の手をしっかりと握った。

「行きましょう、英琳さん。もう何も怖《こわ》がることはないですよ。英琳さんが……後宮の誰《だれ》もが傷つくことのないように、真実を明らかにしましょう」

ちりん、ちりん、と澄《す》んだ鐘《かね》の音が回廊《かいろう》を渡っていく。仁寿殿へ向かう輿の準備が整った合図だ。

花音と英琳は、清秋殿の正面門へ向かった。

神龍《しんりゅう》の刺繍《ししゅう》が躍《おど》る、見事な紅《くれない》の深衣。髪を結《ゆ》い、冕冠《べんかん》を冠《かん》した鏡の中の男を、紅壮《こうそう》はじっと見つめる。

そこには双子《ふたご》の兄、藍悠《らんゆう》と同じ顔をした自分がいた。

人々曰《いわ》く、衣《ころも》が同じなら見分けがつかない容姿。

その通りだ、と思う。紅壮ですら、藍悠と顔を合わせると不思議な気持ちになる。同じ顔でいて違《ちが》う存在。そしてそれは、おそらく藍悠も同じように感じているだろう、と思う。

それは確信に近かった。

「ほんと、双子なんて因果なものだ」

紅壮は苦笑する。

ずっと、自分が皇族であることの意味を考えてきた。

龍玉《りゅうぎょく》を身に宿し、帝《みかど》となるのはただ一人。なのにどうして自分たちは双子なのか。

兄弟ではなく、双子であることの意味。

神話に曰く、天があり、神が存在し、神龍を龍昇《りゅうしょう》国に遣《つか》わし治めさせているという。

ならば、皇族の男子が双子であることには何か意味があるはず。

考えた末、自分の役割は兄の影《かげ》に徹《てっ》することだと、母が亡《な》くなった時に──何の咎《とが》もないのに殺されたときに──決めた。

自分の娘《むすめ》を妃《きさき》とし、その御子《みこ》を皇太子に据《す》えたいと野望を抱《いだ》く貴族たちにとって、父の寵愛《ちょうあい》を一身に受ける母は邪魔者《じゃまもの》だったのだ。

なんという不条理な理由で、母は殺されてしまったことか。古《いにしえ》から残る「呪《のろ》い」によって毒殺されるなどという、なんと酷《ひど》い方法で命を奪《うば》われてしまったことか。庭院《にわ》の片隅《かたすみ》に咲《さ》く名も無い花を愛《め》でるような、儚《はかな》く素朴《そぼく》な人であったのに。

もともと、政《まつりごと》に興味も野心もなかった。歴史を紐解《ひもと》くと、無駄《むだ》で無益で無残な争いの、なんと多いことか。そのすべてが馬鹿馬鹿《ばかばか》しく腹立たしく、母が亡くなったことで一層その思いが強くなった。

争いが起きないように、兄ただ一人の玉座に臣下の視線を向けさせること。後宮や皇城に巣くう呪いを回収すること。それが誰も傷つかない、平和への近道。

その近道へと朝廷《ちょうてい》と後宮を導くことが、自分の役目。

それが最善だと思ってきた。──が。

「逃げ腰《にげごし》に支えられる玉座は乗っ取られる、か。なめられたもんだ」

世間には優秀《ゆうしゅう》な兄皇子が玉座を継《つ》ぐべきで、愚昧《ぐまい》な弟皇子は相手にもならない、と思われている。

それはまさに紅壮の思惑《おもわく》通りであったが、同時に、大貴族に付け入る隙《すき》を与《あた》えた。

夏妃《かひ》の暗殺だけでは、あそこまで清秋殿は動かなかっただろう。紅壮を暗殺しようとしたからこそ、また紅壮には何もできないと見くびられたからこそ、清秋殿は力づくで『花《はな》草子《ぞうし》』を手に入れようとしたのだ。

『花草子』をエサに後宮の不穏《ふおん》分子の芽を摘《つ》もうと常に警戒《けいかい》はしていた。だから大事には至らなかったが、危《あや》うく花音に傷を付けられるところだった。

今も思い出すだけで肝《きも》が冷え、腹が煮《に》える。

「正々堂々と向き合ったほうが、犠牲《ぎせい》が少なくて済むかもしれない」

権力を手にした方が、大切なものを守れるかもしれない。

紅壮は玉座と向き合ってみようと、初めて思った。

逃げても愚《おろ》かを装っても、紅壮を、この身に流れる血を担《かつ》ぎ出そうとする者はいる。そんな者たちの思惑は知ったことではないし、思い通りになど絶対にならない。ましてや玉座に座りたいわけではない。

玉座と向き合うのは、自分の大切なものを守るため。ただそれだけだ。

「……華月堂《かげつどう》。それと、花音。その二つさえ、この手に残るなら」

他《ほか》に望むものは、何もない。

いつも一生懸命《けんめい》で、くるくるとよく働いて、呆《あき》れるほどの本好きで。本に寄せる信頼《しんらい》と情熱は人一倍強く、そこには周囲を動かす引力がある。

その引力によって、藍悠も、伯言も、女官《にょかん》たちも、そして自分も動き、今日を迎《むか》えた。

「花音、頼《たの》んだぞ」

『花草子』を使って清秋殿の企《たくら》みを暴《あば》いた後に処分する、それだけでは、長い時の間に後宮に染《し》み付いた『呪い』は消えない。

目的を果たすことはできるが『呪い』を消滅《しょうめつ》することまではできない。『呪い』は噂《うわさ》として、伝説として、後宮に残り続け、別の本に乗り移るかもしれない。

――しかし、花音なら。

花音なら『呪い』を消滅できるかもしれない。

そう思ったから、花音に『花草子』を預けた。

「思うようにやれ、花音。何があっても守ってやる。オレは、護衛だからな」

楽しげに笑《え》み、紅壮は仁寿殿への輿《こし》へ乗り込んだ。


楽師の奏でる厳《おごそ》かな旋律《せんりつ》が、花祭りの始まりを告げる。

仁寿殿には、すでに貴妃《きひ》たちが着席していた。

四人それぞれが妍《けん》を競《きそ》うように絢爛豪華《けんらんごうか》な衣裳《いしょう》で美しく装《よそお》い、周囲の女官、宮女、宦官《かんがん》に至るまで御殿《ごてん》色の衣裳に身を包んでいる。

麗春《れいしゅん》殿の濃桃《こいもも》色、爽夏《そうか》殿の濃空《こいそら》色、清秋殿の濃橙《こいだいだい》色、凛冬《りんとう》殿の濃紫《こいむらさき》色。

そこへ藍錦《らんきん》と紅錦《こうきん》に身を包んだ皇子たちの華麗《かれい》な姿が現れると、まるで絵巻物のごとき絢爛な風景になった。

庭院に流れ落ちる龍昇ノ瀧《たき》の支流から藍悠皇子と紅壮皇子が水を汲《く》み、柄杓《ひしゃく》を清める。その柄杓で汲んだ酒を、尚儀《しょうぎ》局の長《おさ》が皇子と四貴妃の膳《ぜん》へ供していく。

その後、皇子たちが邪気《じゃき》を祓《はら》うために、神弓《しんきゅう》を以《もっ》て弓弦《ゆづる》を鳴らす「鳴弦《めいげん》の儀」を行い、酒杯《しゅはい》に口をつけ、臣下に春を寿《ことほ》ぐ品を下賜《かし》する。

後宮六局の各女官長と内侍《ないじ》監がそれぞれ下賜品目録を載《の》せた大盆《ぼん》を賜《たまわ》って下がった後、皇子たちと四貴妃が宴席《えんせき》に着いた。

藍悠皇子と紅壮皇子が並ぶ上座の正面右手に冬妃《とうひ》、春妃《しゅんひ》。左手に秋妃《しゅうひ》、夏妃と座している。

隣席《りんせき》する清秋殿と爽夏殿の間には、見ている方がいたたまれなくなるくらい冷たい空気が流れていた。

そんな中、祝宴《しゅくえん》の始まりを告げる銅鑼《どら》の音が静かに、厳かに響《ひび》いた。目にも鮮《あざ》やかな膳が、次々と運ばれてくる。

裏で毒見の済んでいる料理を前に、皇子たちの合図で四貴妃が箸《はし》を取った。

よく通る声が広間に響いたのは、その直後だった。

「父上は御《ご》出席できなくて残念だったなあ藍悠」

貴妃たちは思わず上座に視線を移した。

声を張り上げたのは、うつけと名高い赤の皇子、紅壮。が、その姿は意外にも聡明《そうめい》そうで美しく、貴妃たちは思わず見惚《みと》れてしまう。

すると、その隣《となり》に座する同じ麗貌《れいぼう》の青の皇子が、不自然に大きな声で応じた。

「ああそうだな。離宮《りきゅう》で御体調は回復されたらしいが溜《た》まった政務がおありだとか。この素晴《すば》らしい料理の膳は遍照宮《へんしょうぐう》へ届けさせようか紅壮」

不仲で有名な二人が仲良さげに会話を始めたことに、四貴妃をはじめ場にいる人々は呆《あっ》気《け》にとられた。場に響くほどの大声に若干眉《まゆ》を顰《ひそ》める宦官もいるが、そんなことはおかまいなしに皇子二人の大声での会話は続く。

「ああそうだな。これは美味《うま》そうだ」

「本当に。おっとこの和《あ》え物の器《うつわ》は僕と紅壮で中身が違うらしい」

「オレは人参《にんじん》が嫌《きら》いだから尚食《しょうしょく》が気を使ってくれたんだろう」

「そちらも美味《おい》しそうだ。ちょっと食べてもいいかな」

「おお食えよ」

通常、公《おおやけ》の宴席において、自分の器を他の者に差し出すことは礼儀違反《れいぎいはん》。貴人の行為《こうい》には有り得ない。

しかしそこは「うつけ」と噂《うわさ》の紅壮、朱塗《しゅぬ》りの器を藍悠に差し出した。

が、あろうことか優秀の誉《ほま》れ高い藍悠までもが差し出された器に箸を付け、貴妃をはじめ場の者たちが唖然《あぜん》とした——のと同時だった。

「あぁぁあああああ!!」

高い悲鳴に、仁寿殿の衆目が集まる。

秋妃が箸を取り落として立ち上がり、わなないていた。

「秋妃様? 秋妃様どうされたのです?」

傍《そば》に控《ひか》えていた清秋殿の女官長が慌《あわ》てて秋妃を座らせるが、秋妃は何か懸命《けんめい》に女官長に訴《うった》えている。そこへ食事の介添《かいぞ》えをしていた女官がやってきて頭を下げた。

「申し訳ございません、秋妃様と夏妃様の御膳《ごぜん》を間違《まちが》えてしまったことにお気付きになられたのですね? すぐに御取り替えを……ああでももう召《め》し上がっておられましたか」

途端《とたん》、秋妃がまた悲鳴を上げ、女官に摑《つか》みかかった。

「なんという粗相《そそう》じゃ英琳!! 早う青の殿下《でんか》と妾《わらわ》に解毒《げどく》薬を!!」

秋妃は金切り声で叫《さけ》ぶ。仁寿殿は、雅楽《ががく》の音が響きやすい造りになっているため、秋妃の耳障《ざわ》りな叫び声もよく響いてしまう。

「青の殿下と秋妃様に、なぜ解毒薬を？」

「解毒薬……？」

「毒が混入していたのか！　毒見は何をしていたのだ！　今一度毒見を」

にわかに場がざわめきだした。

「秋妃様、秋妃様！　ど、どうかお静まりを！」

秋妃が叫び、英琳を打とうとする手を清秋殿の女官長や他の女官が必死に押さえる。他の貴妃や女官たちは上座の皇子たちでなく、秋妃の奇行《きこう》に釘付《くぎづ》けになった。

「……皆《みな》さん、日頃《ひごろ》から、そうやって英琳さんをかばってくれればよかったのに」

凛《りん》と澄《す》んだ声に、ざわめきが止《や》む。

そう言ったのは、秋妃に襟《えり》をつかまれた女官だ。

秋妃を取り押さえようとすがりついていた清秋殿の女官長や女官たちはぎょっとし、場は水を打ったように静まり返った。

「そっ、そなた英琳ではないな!?　誰《だれ》じゃっ、顔を上げよっ！」

怒《いか》りに顔を歪《ゆが》ませた秋妃を、翡《ひ》翠《すい》色の双眸《そうぼう》がしかと見上げた。

「そ、そなたは……あのときの試《し》挙《きょ》組の女官ではないか！」

清秋殿の女官長が驚愕《きょうがく》の声を上げる。

「覚えていてくださって光栄です」

花音は清秋殿の女官長に軽く会釈《えしゃく》をした。

「あたしは華月堂司書女官、白《はく》花音と申します」

場が再びざわめいた。華月堂？　司書女官がなぜここに？

「華月堂にはいろいろな噂《うわさ》があります」

明瞭《めいりょう》な花音の言葉が仁寿殿に響き、場は再び静まる。

その場を見渡《みわた》して、花音は頭を下げた。

「その一つ、後宮で昔から語り継《つ》がれてきた呪本《じゅほん》『花草子』についてお話しするべく、今日はこちらに参上いたしました」

花音は上座の藍悠皇子と紅壮皇子に向かって平伏《へいふく》する。二人は頷《うなず》いた。

「興味深いね。続けてほしい」

「面白《おもしろ》そうだな。聞かせてもらおう」

皇子たちだけでなく貴妃から女官から宦官まで、皆、好奇《こうき》心あふれる視線を花音に注いでいる。青い顔をして花音を敵視しているのは秋妃と清秋殿の女官長ぐらいだ。

「な、なんじゃこの小娘《こむすめ》はっ。試挙組女官の分際で、無礼にもほどがあろう。誰ぞつまみ出せっ」

秋妃が叫んでも、従う者は誰もいない。何より皇子たちが花音に場を許しているのもあるが、それだけではない。

人々は知りたいのだ。

『花草子』という、呪《のろ》いの正体を。

花音は広間の下座に移動し、一礼した。

「華月堂には怪談《かいだん》じみた噂がたくさんあります」

花音はすべての人に言葉が届くよう、ゆっくりと話す。

「例えば、上司が鬼《おに》でいびり殺された女官《にょかん》がいるとか、読書好きのお妃様《きさき》の幽鬼《ゆうき》が出るとか、呪われた本があって触《ふ》れたら死ぬとか。皆さんも、どこかで聞いたことがあるでしょう」

場の人々は顔を見合わせて頷いている。その反応を見つつ、花音は続けた。

「『花草子』は呪本の噂の元です。けれど『花草子』は呪われた本などではありません」

花音は人々を見回す。

「かつて、呪術《じゅじゅつ》が横行した時代がありました。そのとき、呪術は法により厳しく規制されました。後宮の中でもそれは同じです。人を呪わば穴二つ、という言葉は呪詛《じゅそ》を躊躇《ためら》わせると言いますが、そんな言葉も必要ないほど、法は人を害する呪術を厳しく罰《ばっ》するようになったのです。

それでも、人が恨《うら》みや妬《ねた》みを抱《いだ》くことは、世の常《つね》。法によって厳しく監視《かんし》されるようになった呪いは、後宮の隅《すみ》で眠《ねむ》っていたとある本を呼び起こします。それが『花草子』だったんです」

花音は臙脂《えんじ》色の装丁《そうてい》の本を懐《ふところ》から取り出した。見事な大輪の花模様が目を引く。秋妃と清秋殿の女官長が息を呑《の》むのがわかった。

「これが『花草子』です。一見、植物図鑑《ずかん》です。なぜなら、ここに載《の》っている植物の多くは、ありふれた植物だからです」

皆、『花草子』を一目見ようと身を乗り出している。ひそひそと花音を見て話をする者たちもいる。ただ秋妃と清秋殿の女官長だけが、息を殺して花音を睨《にら》んでいた。

「後宮の中はもちろん、市井《しせい》の片隅や故郷の野原でも見かける、ごく普通《ふつう》の植物たち。この本が他《ほか》の植物図鑑と違《ちが》うのは、それらのありふれた植物がすべて毒になりうることを紹《しょう》介《かい》している、という点です。害獣《がいじゅう》に対する致死《ちし》量、そして、人に対する致死量も明記されています」

人々の驚《おどろ》きがさざ波のように仁寿殿に広がった。

「『花草子』の内容は呪術ではなく知識であり、身近な植物を使うことは証拠《しょうこ》を隠滅《いんめつ》しやすいことを意味します。呪術を厳しく罰する法の網《あみ》をくぐり、かつ、証拠を残さないという、完全暗殺が可能になる。それは後宮という場所に住む人々にとって諸刃《もろは》の剣《つるぎ》です。『花草子』が呪術という効果が疑わしいものより、確実に人の命を奪《うば》う方法が毒殺です。呪本、と呼ばれるようになったのは、忌《い》まわしく恐《おそ》ろしい本、という意味なのでしょう」

けれど、と花音が言うと、人々は続きを聞こうと耳を傾《かたむ》けた。

「ある人曰《いわ》く、『花草子』は『罪人のようでもあり、君子のようでもある』と例えられました。これは『花草子』に、二つの側面があることを示唆《しさ》します。どちらが本当の『花草子』だと思いますか？」

そのとき、女官長に押さえられた秋妃が金切り声を上げた。

「おまえが自分で言うたであろうが！　それは呪本じゃ！　毒が載っているのじゃ！　はよう妾と青の殿下に解毒薬を持てと言うたであろう！」

そんな秋妃を横目で見て、花音は持っている臙脂色の本の表紙を高く掲《かか》げ、指差す。

「字が小さいので見えないとは思いますが……花草子、という題名の下に、文字の消えた跡《あと》があるのがわかりますか？」

花草子、と書かれた下には、日に焼けたのか、文字が消えて薄《うす》く文字の片鱗《へんりん》だけ残った部分がある。

「ここにはおそらく、『上』という字があったのだと思われます」

場がざわめいたが、花音はかまわず続けた。

「この本は毒草の知識、それこそ致死量から症状《しょうじょう》に至るまで詳細《しょうさい》が記されています。例えば誰もが猛毒《もうどく》と知るトリカブトについても猛毒であることを明記しているのです」

花音は本を開き、最後の方の頁を開いてみせた。誰もが知るトリカブトの挿絵《さしえ》が描《えが》かれている。

「これらのことから、『花草子』は毒に関する本だとわかります」

花音は近くに控《ひか》えていた清秋殿の薄橙襦裙《うすだいだいじゅくん》の女官から、もう一冊、臙脂色の装丁の本を受け取り、それを秋妃に向けて見せた。

「秋妃様、さきほど秋妃様が口にされた和《あ》え物には、こちらに載っていた薬草が入っております」

秋妃は目を剝《む》く。

「だからはよう解毒《げどく》薬を持てと言うてるであろうがっ！」

花音は静かに首を振《ふ》った。

「確かに『花草子』に載っていた薬草ですが、滋養強壮《じようきようそう》効果のある貴重な薬草。心身を鎮《しず》め、落ち着かせる効果があるそうです。身体《からだ》に害はございませんので、御《ご》心配なく」

「なっ……しかしっ、それはっ、その臙脂色の装丁の本は『花草子』であろうが！」

秋妃は目を白黒させている。

「仰《おお》せの通り、これも『花草子』です。ただし、下巻、です」

花音が秋妃に掲げてみせた『花草子』の題名はほとんど消えているが、「下」の文字は見える。

「下巻じゃと!? 言うに事欠いて、そのような出まかせを言いおって！」

秋妃がわななく。藍悠と紅壮が上座で身を乗り出すのがわかった。しかし花音は落ち着いて場を見渡し、話し続けた。

「禁帯出の本ですが、上司の許可を取ってここにお持ちしました」

花音は臙脂色の革《かわ》表紙の本を二冊掲げた。二冊が並ぶと表紙の花模様は美しい一つの絵になった。あたかも『花草子』という題名に添《そ》えられた祝福の花のように。

「どちらも『花草子』です。『花草子』は上下巻で一揃《ひとそろ》いの本だったんです」

途端《とたん》に、場が騒然《そうぜん》となった。

呪本として後宮の闇《やみ》にあり続けた『花草子』。

それが二冊あるとは――その衝撃《しょうげき》は、波紋《はもん》のように人々の間に広がった。

藍悠皇子が楽師に銅鑼《どら》を打たせると、場は再び水を打ったようにしん、となった。

「こちら側の『花草子』上巻は、その毒の知識を悪用しようとした人の手によってあるとき華月堂のとある場所から持ち出された。そしてこちらは」

花音はもう一冊の『花草子』を掲げた。

「下巻です。こちらには、薬草やその煎《せん》じ方、薬膳《やくぜん》料理の作り方が載っている。奇妙《きみょう》ですよね。『花草子』が人を害し呪うことだけを目的とした本なら、この下巻の内容はいらないはずです」

つまり、と花音は二冊の本を高く掲げて一同を見回した。

『花草子』に秘められた真実とは、人を害する呪いなんかじゃなく、貴重な薬草につい

ての正しい知識なのです」

場が大きくざわめいた。

「毒と薬は表裏《ひょうり》一体。上巻で毒について人や害獣を殺傷する量が記してあるのも、刑罰《けいばつ》や駆除《くじょ》などで正しく使用することができるためです。中途半端《ちゅうとはんぱ》な毒の使用は死ぬよりも酷《ひど》い苦しみを人や獣《けもの》に与《あた》えることを思えば、適量を記すというのは薬草の知識として適切です」

花音は二冊の『花草子』の背を人々に向ける。

「ここを見てください。華月堂の禁帯出本には、赤い印が貼《は》ってあります。それがこのように、下巻にはあり、上巻には――」

花音は上巻『花草子』を高く掲げた。その背表紙には、赤い紙がむしり取られたような跡《あと》がある。

「――故意に取られた。これが示すことは、かつて、ひとまとまりの知識から悪用したい部分だけを抜《ぬ》き取った人がいた、ということです。詳《くわ》しいことは今となっては謎《なぞ》ですが、以来、華月堂の隅に『花草子　上巻』は呪本《じゅほん》として存在するようになってしまったのです」

花音は二冊の『花草子』を胸に抱《かか》えた。

「もともと二冊で一揃《そろ》いの知識として秘されてきた本を、人の心の闇が悪用した。それは直接毒を盛られた人だけでなく、噂《うわさ》となって後宮の人々を苦しめたのです。本当は……

『花草子』は呪本なんかじゃない」

きっぱりと、花音は言い切った。

すると場が再びざわめいた。しかしそれは、感嘆《かんたん》のざわめきだ。

後宮に暮らす貴妃《きひ》をはじめとする妃嬪《ひひん》や傍《そば》近く仕える女官《にょかん》たちは、多かれ少なかれ毒殺の影《かげ》に怯《おび》えて暮らさねばならない。特に後宮内に存在するとされてきた呪本『花草子』は、脅威《きょうい》の最たるものだった。

その正体が明らかになったことは、後宮に生きる人々に大きな衝撃と共に安堵《あんど》をもたらしたのだ。

再び銅鑼が打ち鳴らされ、場はしん、と静まり返る。

二冊の『花草子』をしっかりと守るように胸に抱え、花音は仁寿殿の広間を見渡《みわた》し、大きく息を吸った。

「人は知りたい生き物です。知りたいというのは人の性《さが》で、根源的な心の動きです。本はそれを満たしてくれる、素晴らしい知識の源泉です。けれど人はそれを、時に曲げてしまいます。自分の欲望《よくぼう》のままに。それもまた――人の性」

花音は秋妃と清秋殿の女官長に目を向けた。

「この小娘《こむすめ》が……黙《だま》って聞いておればいい気になりおってぇっ！」

一瞬《いっしゅん》のことだった。

秋妃は髷《たぶさ》から簪《かんざし》を抜き取って振りかざすと、猛獣《もうじゅう》のように花音に飛びかかった。

「!」

その動きの速さに誰《だれ》も身動きできない。秋妃の血走った目と赤い口紅に彩《いろど》られた猛獣のように開いた口が間近に迫《せま》っても、花音も凍《こお》り付いたように動けなかった。

——刹那《せつな》。

かっ、という鋭《するど》い音と共に、秋妃の動きが止まった。

「ひっ……」

動きを止めた秋妃の前、足元の床《ゆか》に矢が突《つ》き立っていた。その破魔《はま》の白羽が、突き立った振動《しんどう》で揺《ゆ》れている。

「この仁寿殿で人を傷つけようとするとは言語道断。その矢の震《ふる》えは神龍《しんりゅう》の怒《いか》りと心得よ!」

(……紅!)

上座から神弓《しんきゅう》を放った姿で、紅は秋妃を厳しく見据《みす》えている。そのまま、紅は右手で矢をもう一本取った。

「席へ戻《もど》られよ、秋妃。司書女官の話はまだ終わっていない」

清秋殿の女官長と女官たちが慌《あわ》てて秋妃を連れ戻した。秋妃は糸の切れた操《あやつ》り人形のように虚脱《きょだつ》している。

そこにはもはや、秋に咲《さ》く大輪の菊《きく》と称賛《しょうさん》された面影《おもかげ》はなかった。

清秋殿の女官長は、困惑《こんわく》と恐怖《きょうふ》が入り交じった様子で秋妃の衣裳《いしょう》の裾《すそ》をしっかりと押さえた。

（かわいそうな人たち）

花音は、秋妃と清秋殿の女官長が憐《あわ》れになった。なんと醜《みにく》く哀《かな》しい姿だろう。

その姿を公衆の面前で暴《あば》いたことに少しだけ胸が痛む。けれどこうしなければ、必ず無《む》辜《こ》の犠《ぎ》牲《せい》が出たはず。

（これでいいよね、紅）

はるか上座、紅錦《こうきん》の衣《ころも》の人物は、神弓を持ったまま真っ直《す》ぐ花音を見ている。その顔が、少し笑《え》んだように見えた。

「……司書女官、話を続けよ」

花音は平伏《へいふく》し、そして毅《き》然《ぜん》と顔を上げた。

「本が皆《みな》さまに幸福をもたらすことが司書女官としてあたしが願うことであり、華月堂でその手助けをすることがあたしの仕事です。だから、今ここで宣言します」

しん、とした仁寿殿を花音はゆっくりと見渡す。貴妃も、女官も宮女も宦官《かんがん》も、花音の言葉に聞き入っている。そして、上座の二人も。

「呪いは、その絡繰《からく》りを知れば解呪《かいじゅ》されます。だから『花草子』の呪いは、『花草子』が皆さまの前で二冊揃った今このときを持ちまして、消滅《しょうめつ》します」

花音は歩き出す。上座の二人に向かって。

そして花音は『花草子』を一冊ずつ、二人の皇子の前に恭《うやうや》しくに差し出した。

「殿下《でんか》の御前《ごぜん》で長々と失礼いたしました」

花音は深々と平伏すると、静かにその場を立ち去った。


その後、『花草子』上下巻は、皇子二人の立ち合いの元、速《すみ》やかに礼部祠部司《しぶつかさ》にて祓《はら》いの儀式《ぎしき》が行われ、神火にくべられ、灰となった。

後宮の歴史の中で、おそらく著者の思惑《おもわく》とは違《ちが》う知識の使われ方をしてきた『花草子』。もう二度と人々を呪いで震撼《しんかん》させることはなく、元通りに上下一揃いの本として、その数奇《すうき》な運命に幕を閉じた。

そして、花祭りより間もなく、秋妃が体調不良を理由に里下がりをした。

しかしそれが里下がりではなく、事実上の追放であることは花祭りの一件で後宮中に知れ渡《わた》っている。

秋妃が花祭りで暗殺を企《たくら》んでいたからだとか、女官を虐待《ぎゃくたい》していたからだとか、寝室《しんしつ》に香《こう》に見せかけた幻覚草《げんかくそう》を焚《た》いていたからだとか、原因は諸説ささやかれたが、どれが決め手だったのかはわからない。

意味不明なことを喚《わめ》き散らしながら秋妃は迎《むか》えの輿《こし》に乗せられ、すっかりやつれた清秋殿の女官長と数人の女官だけが付きそい、宝珠皇宮《こうぐう》を後にしたという。

その直後、楊《よう》中書令が刑部《けいぶ》に取調を受ける。

皇族の暗殺計画が容疑だが、証拠《しょうこ》もなく、本人も否定し、また大貴族ということもあり、特にお咎《とが》めはなかった。しかしその後、楊中書令は病に倒《たお》れ、中書令の職を辞したという。

清秋殿は主《あるじ》不在となり、そこへ別の貴妃が入内《じゅだい》する話が持ち上がるのだが――それはまた別の話だ。

終章

佳《よ》い月が出ている。

その煌々《こうこう》とした月明かりの下で、花音《かのん》は荷物の整理をしていた。今日こそは女官寮《りょう》へ帰ろうと思っていた。

「いい加減、寝台《しんだい》が恋《こい》しいわ」

長椅子《ながいす》で寝《ね》るのも悪くはなかったけど、と花音は笑む。事務室の長椅子は、簡素だが大きくてゆったりして、座り心地《ごこち》も寝心地《ねごこち》もいい。まるで仮眠《かみん》することを想定しているような造りだった。

これも伯言《はくげん》の差配だ。その計算し尽《つ》くされた実用性に、改めて感服する。

掛《か》け布団《ぶとん》を丸めて括《くく》り付け、よいしょ、と背負ったところに、有り得ない荷重がかかって花音は均衡《きんこう》を崩《くず》す。

「うわっ」

大荷物ごと倒れそうになった花音の腕《うで》を、後ろから大きな手が支えた。

「アホ。夜にそんな大荷物で移動する奴《やつ》があるかよ」

「こ、紅《こう》……壮《そう》様!!」

花音の掛け布団に片肘《かたひじ》を突《つ》いた紅は、不満げに口をとがらせる。

「だからそれやめろって。紅でいいから。いいな。今度『こうそうさま』って言ったら、華月堂《かげつどう》の本全部床に出すからな」

「なっ、やめて！　せっかく綺麗《きれい》に片付いたんだから！」

本気で怒《おこ》る花音に紅は笑って、花音をじっと見つめた。

「な、なによ」

「かっこよかったぞ、『花草子《はなぞうし》』の解説」

紅は花音の荷物を長椅子の上に置き、その隣《となり》に座った。

「あの日、花音が『花草子』を持って清秋殿《せいしゅうでん》に戻ってきて、英琳《えいりん》に渡したときは驚《おどろ》いた。なんせ、装丁《そうてい》はまったく同じだったからな。まさか下巻だとは思わなかった」

「隠《かく》し書架《しょか》は知っていたのに、下巻のことには気付かなかったの？」

「ぜんぜん。オレは華月堂《かげつどう》に入り浸《びた》って長いが、あの隠し書架を知ったのはけっこう最近だし、灯台下《もと》暗しっていうか、呪本《じゅほん》の『花草子』のことしか頭になかったから。あれを回収してからは隠し書架は見なかったし……まさか上下巻一揃《そろ》いの本だとは。よく気付いたな」

「紅のおかげだよ」

花音は紅の向かいの長椅子に腰掛《こしか》けた。

「伯言様は『花草子』は罪人とも君子とも言われる、って言ったの。隠し書架で先に下巻を見つけて中を見て、下巻の内容はまさに『君子』だと気付いたわ。だとすれば上巻に当たる『花草子』は『罪人』のはずで清秋殿で聞いた内容とぴったり合う」

それとね、と花音は気まずそうに紅を上目で見た。

「最初に『花草子』の入った巾着《きんちゃく》を預かったとき『命より大事な物』って何だろう、ってすごくすごく気になって、手触《てざわ》りが本だったし、だから、その……」

紅は呆《あき》れたように溜息《ためいき》をつく。

「出たな本の虫。見るなと言ったのに、見たのか」

「み、見てないわ！　ただ……少しだけ、装丁が見えたの。大輪の花模様が」

「それで隠し書架で下巻を見つけたときに、あの巾着の中身が上巻だと気付いたのか」

花音は頷《うなず》く。

「すごく凝《こ》った、他《ほか》には無い美しい意匠《いしょう》だったから。巾着から見えたのは一瞬《いっしゅん》だったけど目に焼き付いていたの。清秋殿への計略で紅から預かったとき、二冊はそれぞれ巻と題名が消えかかっていたけれど、表紙が合わせ絵になっていることできちんと確かめることができた。あのとき上巻を預けてくれて、本当にありがとう」

「それはべつにいいんだが、約束は守ってくれないとな」

たしなめるように紅は言った。

「……ごめんね、ひやりとさせて」

計略実行の条件に、一人で動くなと言われていたのに。

「まったくだ。あんなことされちゃあ、心臓がいくつあっても足りない」

「ほんとにごめん……」

「ま、おまえが単独行動したから間に合ったとも言えるからな。今回は許してやる」

おそるおそる紅を見上げると、責める口調とはうらはらに紅の表情は優《やさ》しい。

「結果的に英琳を救えたし、清秋殿の陰謀《いんぼう》も阻止《そし》できた。最高の形で花祭りを終えることもできた。もっとも」

紅が悪戯《いたずら》っぽく笑《え》む。

「藍悠《らんゆう》とあんなアホっぽい小芝居《しばい》打つハメになるとは、思わなかったが」

「ほんっとうにすみませんでした！」

花音は頭を下げる。仮にも宴席《えんせき》で皇子殿下にあんなことさせるなんて、と今頃《いまごろ》になって肝《きも》が冷える。

紅壮は楽しそうに笑った。

「あれくらいお安い御用《ごよう》だ。花音は貴妃《きひ》をはじめ皆《みな》の前で『花草子』の呪《のろ》いを祓ってくれたからな。母上も満足してくれると思う」

「……え？」

「母上も、『花草子』の毒で命を絶たれたから」

「え……？」

花音は瞠目《どうもく》する。

確かに藍悠が言っていた。『花草子』を探して処分することは母上の遺言《ゆいごん》だ、と。

「そんな……皇后様が、『花草子』の毒でなんて……でも、御《ご》自身で、どうして『花草子』の毒だと」

「母上は、聡明《そうめい》な人だった。気付いていたんだ、自分が殺されることに。そして、その毒が『花草子』からもたらされることに。母上は病死ということになっているが、そうじゃないことはオレも、父上も、たぶん藍悠もわかっている。けれど、父上は表立って糾弾《きゅうだん》することができなかった」

「そんな……」

花音は絶句する。

「糾弾すれば朝廷《ちょうてい》が分裂《ぶんれつ》し、内乱になるかもしれない。内乱になれば国が荒《あ》れ、民《たみ》が巻き込まれる。父上はそれを恐《おそ》れたんだろう。それが政《まつりごと》であり、国を守るということであり、我ら龍《りゅう》帝家の者の役目だ」

紅壮は真剣《しんけん》な眼差《まなざ》しになった。

「オレは、玉座と向き合おうと思う」

「紅……」

「オレは争いを生みたくなかった。無残に母の命を奪《うば》ったような、罪の無い者が簡単に殺されるような争いはごめんだ。だから、玉座からは遠ざかろうと思った。もともと玉座には興味もないが、皇子というのは存在するだけで権力の亡者《もうじゃ》を呼び寄せ、争いを生む。だから藍悠一人に衆目を向けさせ、次の帝《みかど》は藍悠だと皆に思わせたかった。でも結局、ダメだったんだ」

紅は微《かす》かに笑んだ。

「オレがどんなに愚《おろ》かな皇子を演じても、この身に流れる龍家の血が権力を欲《ほっ》する者たちを呼び寄せる。だから大貴族の古狐《ふるぎつね》どもに付け入られた。結果、大切なものを危険にさらした」

紅は、花音をじっと見つめた。

「だから、オレは玉座に背を向けるのではなく、向き合うことにした。大切なものを、守るために」

真剣な表情。花音も、真剣に頷《うなず》いた。

紅が愚かな皇子などではないことは、少し一緒《いっしょ》にいればわかった。

いい加減で傍若無人《ぼうじゃくぶじん》のように見えて、紅の行動や言葉には意味があり、考えられたものだった。

(紅も決めたんだ、自分で)

花音も決めたように。

華月堂で、今までの自分とは違《ちが》う方法で、人々が本を読んで幸福になる手助けをしようと。そんな司書女官《にょかん》を目指そうと。

それは、宝珠皇宮《ほうじゅこうぐう》に来る前は考えもしなかったことだ。花音にとって本や読書は、一人だけのものだったから。

でも、今は違う。陽玉《ようぎょく》や英琳や、藍悠、伯言。そして紅壮。宝珠皇宮での出会いや出来事が、花音の見ている世界を変えた。

それは目の前にいる、にくたらしいほど美しい青年のおかげで。

(きっと、紅もそうだったんだ)

出会えたことや一緒に過ごした時間が、紅にとっても前進する力になったのだと、おこがましくも思ってしまって、うれしくなる。

(もう、会えないかもしれないけれど)

天上の人である紅。

同じ後宮にいながら、もう会うことはないかもしれない。

けれど、玉座と向き合う紅を、臣下として、陰《かげ》ながら応援《おうえん》していこう。ここで。この華月堂から。

「紅――」

「そういうことだから、おまえは今日からオレの司書だ」

「はい、わかりました……って、は⁉」

何か今、突拍子《とっぴょうし》もない言葉が聞こえたような。

「帝王《ていおう》学を一から学び直そうと思っているからな。本に詳《くわ》しい者、つまり司書が必要だ」

「……いや、そんな人材、東宮《とうぐう》にたくさんいるでしょう？」

またくだらない戯言《たわごと》を言い始めた紅を胡乱《うろん》げに眺《なが》めるが、紅は平然と言い放った。

「オレを玉座に目覚めさせたのは花音だろう？　責任を取ってオレの司書になるのは当たり前だ」

「なっ、また勝手なことをっ……そんなの有り得ないでしょう⁉　ていうか務まるわけないじゃない。寝言《ねごと》は寝て言ってよね、もうっ」

真面目《まじめ》に取り合うのが馬鹿《ばか》らしいと思った花音は受け流そうとするが、紅はいたって真面目な顔で言う。

「皇宮にオレの司書が務まる奴《やつ》は、おまえ以外いない」

「なんでそうなるのよ？　そんなわけない――」

「おまえは、オレにはないものを持っているから」

紅は卓子《たくし》に身を乗り出し、花音の手を強く握《にぎ》る。

「本に秘められた真実や力を引き出す能力と情熱。それをあわせ持っている者をオレは他《ほか》に知らないし、そういう者こそがオレの求める人材だ」

理路整然と言われ、花音は呆気《あっけ》に取られて何も言い返せない。

紅はにかっと笑って、握った花音の手をぶんぶん振《ふ》った。

「てことで、よろしく。オレの司書女官」

「〜〜〜〜〜っ！」

言い返したいが言い返せない。花音が口をぱくぱくさせていると、

「……ちょっと待て」

冷たい声が、事務室に入ってきた。

「藍悠様⁉」

月明かりの下の藍悠はいつも通り、藍錦《らんきん》の深衣をきちんと着こなした貴公子だが、その尊顔には魔王《まおう》のような冷気が漂《ただよ》っている。

「花音は、僕の司書に指名するつもりだ。僕はすでに、内坊局《ないぼう》に打診《だしん》もしてある」

「は⁉　なんだと⁉」

「仮にも皇子付きにするんだ、内坊局の許可がなくてどうする馬鹿め」

「……おまえのそういうところが気にいらねえんだよっ」

鼻で笑う藍悠を、射殺しそうな目つきで紅は睨《にら》む。

一触即発《いっしょくそくはつ》──の空気を、はいはいは～い、と場違《ばちが》いにのんきな声が破った。

「伯言様⁉」

漆黒《しっこく》の高官衣はどこへやら、若草色の薄物《うすもの》の上衣をひらひらさせて伯言が優雅《ゆうが》に入ってくる。

「はあい花音、今日はお疲《つか》れ。あれだけの聴衆《ちょうしゅう》を前にして、まあまあな仕事だったわ」

「見てたんですか？」

「上司ですもの、当たり前でしょ」

その前によく宴《うたげ》の席に潜《もぐ》りこめましたね、とツッコもうとして、やめた。鳳《ほう》伯言はそういう不思議な人物なのだ、たぶん。

帝の側近なのに華月堂で司書をやっているような。

「華月堂司書女官として、見事な『花草子』の解説だったわ」

伯言は広げた扇子《せんす》を、雅《みや》びやかな手つきで花音に差し出した。

「受け取りなさい」

扇子の上には、銀色に輝《かがや》く銀板──尚儀《しょうぎ》局徽章《きしょう》が載《の》っている。

「えっ……いいんですか⁉」

「いらないなら捨てるけど」

「ああっ嘘《うそ》うそうそですっ！　ぜったいもらいます！　ありがたく頂戴《ちょうだい》します！」

花音は徽章を押し戴《いただ》く。伯言は扇子を閉じて花音の肩《かた》をぴしりと打った。

「でも調子乗るんじゃないわよ。まだまだまーだ修業《しゅぎょう》が足りないんだから、コキ使うわよ」

薄化粧《うすげしょう》の伯言にジト目で睨まれ、花音は「はいっ」と直立する。

「……ということで、お二人とも御意向は却下《きゃっか》です」

伯言は声音《こわね》を変え、くるりと双子《ふたご》の皇子を振り返った。

「白《はく》花音は貴重な使いっぱしり……じゃなくてまだまだ修業の足りない新人ゆえ、東宮でお仕えするなどとんでもない。華月堂で司書修業に励《はげ》んでもらいます。悪《あ》しからず」

同じ端麗《たんれい》な顔が揃《そろ》って二つ、紫水晶《むらさきずいしょう》のような双眸《そうぼう》を見開く。

「なんで伯言が決めるんだよ！」

「ちょっと待ってほしい伯言。僕はもう内坊局に話を通したんだよ？」

月明かりの下、わーわー言い合う三人を残して、花音はそっと荷物を背負い、そそくさと幾何《きか》学模様の扉《とびら》をすり抜《ぬ》けた。

無事に女官寮《りょう》へ戻《もど》り、お風呂《ふろ》を使い、久しぶりに戻った自分の寮室で花音は小さな卓子に向かった。

窓から差しこむ月明かりの下、麻紙《まし》を出し、筆を取る。

『父さんへ　近況《きんきょう》を報告する前に、まずは嘘をついていたことから謝ります』

そう書きだした手紙に、花音は少し迷って――結局、華月堂でのこれまでの日々を略すことなく記した。

長い手紙になったが、遠雷《えんらい》は苦笑いしたり腹を立てたり涙《なみだ》したりしながら隅々《すみずみ》まで読むだろう。

その手紙を、花音はこう結んだ。

『本に秘められた真実と力。それは人の好奇心《こうきしん》を満たし、疲れや、悩《なや》みを癒《いや》してくれる。あたしは華月堂で本と人が出会う手助けをしたい。蔵書室の椅子《いす》に座っているだけじゃなくて、自ら本を携《たずさ》えて人々に会いに行く――そういう司書女官に、なりたいと思っています』

司書女官になって、本に埋《う》もれ、ひたすら本を読みたいだけだった。

そのために、父に嘘をついてまで宝珠皇宮《こうぐう》にやってきた。嫁《よめ》入り前の刹那《せつな》の至福を、叶《かな》えるために。

けれど。

本を読む喜びを、本に秘められた真実と力を、他の誰《だれ》かと共有することを知ったから。

陽玉や尚食《しょうしょく》局の女官《にょかん》たちに本を配達する約束をしたように、後宮で本が読みたくても読めない人々に本を届けたい。

花音にとって、まったく予想もしていなかった、そして先が予想できない生活。

――思い描《えが》いていた理想郷とはだいぶ違《ちが》うけれど、あたし、皇宮で司書女官をがんばってみる。だから嫁入りはもうちょっと先の話になりそう。ごめんね、父さん。

遠雷は今頃《いまごろ》くしゃみをしているに違いない。

花音はくすりと笑って筆を置き、窓の外を見上げる。

今を盛りと咲《さ》く桜が、夜の静寂《しじま》にはらはらと舞《ま》い散っていた。

あとがき

はじめまして。桂真琴《かつらまこと》と申します。

この度は『華月堂《かげつどう》の司書女官　後宮蔵書室には秘密がある』をお手に取っていただき、誠にありがとうございます。

本作は第20回角川ビーンズ小説大賞にて奨励賞《しょうれいしょう》をいただいた作品を改題・改稿《かいこう》したものです。また、受賞作は「カクヨム」にて連載《れんさい》しております。よろしければぜひ「カクヨム」のサイトものぞいてみてくださいませ。

物語は、いかがでしたでしょうか？

お気に召したキャラクターはいましたか？

花音《かのん》、紅壮《こうそう》、藍悠《らんゆう》、伯言《はくげん》は、私も大好きで思い入れのあるキャラクターたちです。世に数ある作品の中から、皆さまが彼らの物語を選んでくださったのは、本当に奇跡《きせき》としか言いようがありません。

その奇跡を起こしてくださった読者の皆さまに、キャラクターたち共々、心よりお礼申し上げます。

皆さまの心に、少しでも何かお届けできるものがあったなら、とてもとても、言葉では言い表せないくらい、うれしいです。

この作品を皆さまへ無事にお届けすることができたのは、この作品の出版に携《たずさ》わってくださった多くの方々の御尽力のおかげです。この場をお借りして心より感謝申し上げます。編集長様をはじめ編集部の皆さま方、担当様、校正してくださった方々、新人の読みにくい文章に根気よくおつきあいいただき、誠にありがとうございました。ヘタレな私にいつも優しく、的確なアドバイスをくださった担当様には、一生足を向けて眠れません……。温かい御指導を本当に本当に、ありがとうございました！

そしてイラストを描いてくださった村上《むらかみ》ゆいち様。最初にカバーイラストのラフを拝見したときの衝撃《しょうげき》は忘れられません。村上ゆいち様は神！　と思ったくらい、私の脳内妄想《もうそう》をそのままイラストにしていただきました。キャラクターたちにパワーを吹きこんでくださった村上ゆいち様に、改めて深く感謝申し上げます。

最後に。どこかでまた、皆さまにお会いできることを願って。

桂真琴

「華月堂の司書女官 後宮蔵書室には秘密がある」の感想をお寄せください。
おたよりのあて先
〒102-8177 東京都千代田区富士見2-13-3
株式会社KADOKAWA 角川ビーンズ文庫編集部気付
「桂 真琴」先生・「村上ゆいち」先生
また、編集部へのご意見ご希望は、同じ住所で「ビーンズ文庫編集部」
までお寄せください。

華月堂《かげつどう》の司書女官《ししょにょかん》

後宮蔵書室《こうきゅうぞうしょしつ》には秘密《ひみつ》がある

桂《かつら》 真琴《まこと》

角川ビーンズ文庫 23454

令和4年12月1日 初版発行

発行者―――山下直久
発 行―――株式会社KADOKAWA
〒102-8177 東京都千代田区富士見2-13-3
電話 0570-002-301(ナビダイヤル)
印刷所―――株式会社暁印刷
製本所―――本間製本株式会社
装幀者―――micro fish

●お問い合わせ
https://www.kadokawa.co.jp/ (「お問い合わせ」へお進みください)
※内容によっては、お答えできない場合があります。
※サポートは日本国内のみとさせていただきます。
※Japanese text only

ISBN978-4-04-113131-2C0193 定価はカバーに表示してあります。 ◇◇◇

毒殺される悪役令嬢ですが、いつの間にか溺愛ルートに入っていたようで
タテスクコミックにてコミカライズ連載中!!!
著◆糸四季
イラスト◆茲助
私は毒で死にたくないだけなのに……
なぜかヒロインそっちのけで愛されて!?
侯爵令嬢オリヴィアは聖女殺害未遂で投獄、
毒を盛られて生涯を終えたはずだった……。
しかし前世の記憶と特殊スキルを与えられ、3年前に時を戻される！
第一王子ノアを救いシナリオ改変を狙うが、
なぜか王子に愛されてしまい!?
シリーズ好評発売中！

角川ビーンズ小説大賞
原稿募集中!
君の"物語"がここから始まる!
角川ビーンズ小説大賞がパワーアップ!
https://beans.kadokawa.co.jp
詳細は公式サイトでチェック!!!
【一般部門】&【WEBテーマ部門】
賞金 大賞100万円
優秀賞30万円
他副賞
締切 3月31日
発表 9月発表（予定）
イラスト／紫 真依